Ferdinand Gross

Heut' und gestern

Geschichten und Skizzen

Ferdinand Gross

Heut' und gestern
Geschichten und Skizzen

ISBN/EAN: 9783743657465

Hergestellt in Europa, USA, Kanada, Australien, Japan

Cover: Foto ©Andreas Hilbeck / pixelio.de

Weitere Bücher finden Sie auf **www.hansebooks.com**

Heut' und gestern.

Geschichten und Skizzen

von

Ferdinand Groß.

Wien.

Verlag von Carl Konegen.

1883.

Inhalt.

Meine Nachbarin.

Ich habe wenige Menschen genauer gekannt, als meine Nachbarin. Und doch weiß ich nicht einmal, wie sie geheißen, und habe nie mit ihr ein Wort gesprochen.

Es ist eine seltsame Geschichte. Aber indem ich sie erzählen will, gewahre ich ein wenig erstaunt, daß es da eigentlich nichts zu erzählen gibt. Und ich hatte mir eingebildet, zwischen mir und meiner Nachbarin habe sich ein ganzer Roman abgespielt!

In einem großen Hause, in einer großen, menschenreichen Stadt wohne ich. Das Haus ist selber eine kleine Stadt, so viele Leute haben drinnen ihr Obdach. Ich residire in einer Stube, die auf einen weiten, viereckigen Hof geht. An einem regnerischen Sommer=Sonntage zählte ich einmal die Fenster, welche die Aussicht auf diesen Hofraum gewähren. Es gibt ihrer achtundsiebzig. Zwei davon sind vom Schicksale mir zugetheilt worden. Seit vierzig Jahren gucke ich durch

sie in das Stückchen Welt hinaus, das hier seinen
Sitz hat. Aber so eintönig das Bild dem oberflächlichen
Beobachter scheinen mag, ich sehe doch immer Neues,
und gelangweilt habe ich mich in meiner Stube noch
niemals. Ich begreife überhaupt nicht, wie man sich
langweilen kann.

Es sind vierzig Jahre her, daß ich meine Stube
bezogen. Sie sieht altmodisch aus, wie ich selbst; ich
habe mich an sie gewöhnt, ich mag sie leiden, wie einen
alten, unschönen Pudel, der Einem ein Gefährte ge=
worden. Die wurmstichigen Möbel, die mich umgeben,
würde ich vermissen, wenn ich sie verließe; ich könnte
mich inmitten einer neuen Einrichtung kaum mehr be=
haglich fühlen. Doch das gehört nicht zur Sache....
Von ihr wollte ich berichten, von der Nachbarin.

Sie wohnte mir gegenüber, war vor vierzig Jahren
etwa so alt, wie ich, und hat es ausgehalten getreulich
in ihrer Stube, wie ich in der meinen. Ich erinnere
mich noch, als ob es gestern geschehen wäre. Neu in
meinem Staatsamte, neunzehn Jahre zählend, installirte
ich mich. Früh morgens mußte ich aus dem Hause,
Mittags kehrte ich auf eine Stunde heim, die Abende
brachte ich auch theilweise bei mir zu. Ich war immer
etwas menschenscheu, liebte die Bücher über Alles und
hatte kein Bedürfniß nach Geselligkeit. Die wenigen
Mußestunden, die das Amt mir übrig ließ, pflegte ich

an einem meiner Fenster zu sitzen, einen Classiker in
der Hand oder, nachdenkend über das Gelesene, in die
Luft starrend, träumend .... Da fiel mir eines Tages
vis-à-vis ein reizendes Blondköpfchen auf. Dieses
Köpfchen saß auf einer schlanken, mittelgroßen Gestalt,
die manchmal haftig durch's Zimmer lief, recht haftig,
um keine Zeit zu verlieren. Denn meine Nachbarin
war immer fleißig. Unabläffig gab irgend eine Hand=
arbeit ihr zu thun, und die Händchen, welche dabei
in's Spiel kamen, sie waren gar lieblicher Natur. An=
muth übergoß die ganze junge Person. Das Gesicht
zeigte sich als eines der wenigen, die immer einen
Zug von Kindlichkeit bewahren, die man sich nicht
anders denken kann, als jung, die gar nicht dazu ge=
macht sind, den Stempel der Jahre zu empfangen.
Ruhte sie von der Arbeit aus, so las sie eine Stunde
lang, und wenn sie sich zum Ausgehen rüstete, gewahrte
ich immer, daß sie einfach aber nett gekleidet war.
Sie hatte etwas von einer Pfirsich, die eben gepflückt
worden. Ich finde kein anderes Bild, um anzudeuten,
wie sie mir erschien .... Nach etlichen Wochen war
die Nachbarin mir unentbehrlich geworden. Ich suchte
sie mit den Augen, sie mich auch ein wenig. Und wir
hatten gemeinsame Interessen: unsere Blumen und je
einen Kanarienvogel. In der schönen Zeit setzten wir
die Blumen auf das Sims, pflegten sie, begossen sie,

1*

und inmitten der Blumen poſtirten wir den Käfig,
aus dem es ſo dreiſt und munter ſang. Das war
meine kleine Welt. Ich freute mich ihrer, und in meiner
Freude war mir oft, als ſängen die Blumen und als
duftete der Vogel. Meine Nachbarin und ich, wir be=
trachteten gegenſeitig mit Intereſſe unſere „Gärten,"
und unſere Intimität wuchs noch, als mein Vogel von
dem ihrigen ein Lied lernte. Kamen die rauhen Tage,
da Blumen und Vogel in der Stube bleiben mußten,
und ſchmetterte mein Vogel die Weiſe des i h r e n aus
der kleinen Kehle heraus, ſo konnte ich meinen, es ſei
wieder Frühling, die Fenſter ſtehen offen, die Sonne
ſtröme herein, und die Nachbarin ſchaue herüber
mit ihren blauen, freundlichen Augen. Herbſt und
Winter vergingen einſam, denn da mußten die Fenſter
geſchloſſen bleiben; des Morgens freilich lüfteten wir
zu gleicher Zeit unſere Zimmer; es war keine Ver=
abredung, und doch verfehlten wir einander nicht. Da
erhaſchte ich denn raſch ein paar Blicke von ihr. Das
war nicht viel, aber ich tröſtete mich mit der Ausſicht
auf die beſſere Jahreszeit. Endlich war der erſte Winter
vorüber; der junge Lenz kam, und als wir zum erſten=
male wieder bei geöffnetem Fenſter ſitzen konnten, war
die Freude ſtärker, als meine Zurückhaltung; ich grüßte
die Nachbarin, und ſie nahm das gar nicht übel,
ſondern erwiderte lächelnd den Gruß. Ich hätte hinüber

sprechen können, aber ich zog es vor, ihr mit stummem
Gruße die Freude über das Wiedersehen auszudrücken.
Nun verlebten wir wieder fröhliche Monate, beide
immer allein, beide, als lebten wir weit, weit entfernt
vom brandenden Treiben der Großstadt. Niemand besuchte · die Nachbarin. Sie schien, nicht Vater, nicht
Mutter, keine Verwandten zu haben. Die kärglichen
Mahlzeiten stellte eine Dienstmagd vor sie hin, und
ohne Gesellschaft aß die Nachbarin, Niemanden um sich
als den zwitschernden Vogel. An Sonntagen nach
Tische ging sie ohne Begleitung aus. Im Sommer
— die Rosen standen eben in vollster Blüthe — kam
mir einmal die Idee, mich ihr persönlich bekannt-
zumachen, sie zu fragen, ob ich sie nicht an Sonntagen
begleiten dürfte; dann fiel mir aber das Unschickliche
dieses Planes ein, und ich hütete mich wohl, die Nachbarin zu beleidigen, denn verderben wollte ich es nicht
mit ihr. Im August bekam sie zum erstenmale einen
Besuch, einen hübschen, jungen Mann, auf dem Kopfe
eine Studentenmütze. „Wahrscheinlich ein Bruder,“
dachte ich, und fühlte mich dabei beruhigt. Unsere
Zimmer lagen so nahe zueinander, daß man von
einem aus bequem gewahren konnte, was im anderen
vorging, und wurde in dem einen laut gesprochen, so
konnte man in dem anderen Alles mit anhören. Aber
die jungen Leute da drüben sprachen gar leise. Das

heißt: er sprach und sie lauschte ihm und arbeitete dabei so emsig wie sonst. Manchmal las er ihr aus Schiller's Gedichten vor oder aus „Faust," und ich war eigentlich als Dritter zugegen. Hie und da sang er ein Burschenlied. Sie behielt Text und Melodie gar rasch und genau, und wenn er fortgegangen war, sang sie ihm eine und die andere Weise nach, besonders oft:

„Die Rosen blühen im Thale,
Soldaten ziehen in's Feld,
Abe nun, mein Liebchen, so feine,
ja, ja, so feine,
Vom Herzen gefallest du mir,
ja mir.
Vom Herzen gefallest du mir."

Zuweilen trällerte sie sich auch eines der lustigen Studentenlieder, wie: „Zwei Löwen gingen einst selband in einem Wald spazoren," und nachdem sie es beendet, lachte sie hellaut auf, und ich lachte mit, als hätte sich das von selbst verstanden. Als der junge Mann eines Abends wieder fortging, hörte ich ihn laut sagen: „Leben Sie wohl!" Also kein Bruder. Ich nahm meinen Hut, stürmte die Treppe hinab und lief bis Mitternacht durch die Straßen. Mein Kopf glühte, mein Herz pochte, als wollte es mir die Brust zersprengen. Etliche Wochen schmollte ich mit der Nach= barin, blickte nur verstohlen zu ihr hinüber und ließ mich nicht am Fenster nieder. Nie wieder bin ich so viel spazieren gegangen wie in jenen Wochen. Es duldete mich nicht zu Hause. Nach und nach wurde ich ruhiger, nahm wieder den gewohnten Platz ein und . . . wie soll ich's schildern, was ich empfand, als ich einmal — ich weiß nicht, was meine Augen so scharfsichtig machte — an ihrer Hand einen einfachen Goldreif sah, den sie früher nie getragen. Der junge Mann, der sie die Studentenlieder lehrte, trug einen gleichen. Ich überwand aber alle egoistische Regung, lernte, mich an dem Glücke des jungen Paares freuen, und bald hatte ich vergessen, daß der Goldreif mir einmal einen so erschreckenden Eindruck gemacht. Und es ward Herbst, und es ward Winter, bis wieder der Frühling kam und ich mein Fenster wieder öffnen konnte. Aber jenes der Nachbarin blieb geschlossen, Vorhänge verwehrten den Einblick. Ich meinte, sie sei fort aus dem Hause. Da, im Juni, gingen die Vorhänge auseinander. Das Fenster öffnete sich, meine Nachbarin wurde sichtbar. Blaß und mager, matte Augen, und — an der Hand nicht mehr der goldene Reif. Wohin war er gerathen? Ich weiß es nicht und hab' es niemals erfahren. Aber auch der lustige, junge Mensch blieb aus, er kam nicht wieder. War er gestorben? Oder lebte er und hatte meine Nachbarin vergessen? . . Die Arme trug die Spuren einer überstandenen Krankheit. Stumm, wie sonst, grüßten wir

einander; aber mit Blicken frug ich sie jeden Tag voll
Besorgniß, ob sie sich erhole, und wie froh war ich,
wenn ihre Augen dankbar zur Antwort gaben: „Es
geht besser, es geht besser."

Nach einiger Zeit nahm meine Nachbarin ihre
Arbeit wieder auf, Alles ging den gewohnten Gang;
einige Jahre verflossen, und nachdem unsere Kanarien-
vögel todt waren, kauften wir neue — es ist ja einer
wie der andere!

Meine Nachbarin hatte alle die Zeit allein gelebt,
bis ein neuer Besucher sich einstellte: ein Mann von
etwa vierzig Jahren, glatt rasirt, lockiges Haar, stolze
Haltung. In dem Zimmer gegenüber gingen nun
überhaupt merkwürdige Dinge vor. Ein Pianino wurde
aufgestellt; täglich um die Mittagszeit kam der neue
Bekannte und gab ihr Unterricht. Sie lernte Gesang
und Clavierspiel. Den größten Theil des Tages arbeitete
sie freilich, wie sonst; that, wie sonst, das Werk ihrer
Hände täglich in zierliche Cartons, eilte damit weg,
kam bald mit den leeren Cartons wieder und gab sich
dann ihren künstlerischen Studien hin. Der Lehrer
war eifrig bei der Sache, that aber sehr vertraulich
mit der Nachbarin. Das wollte mir nicht gefallen.
Ich war schon halb entschlossen, die Nachbarin aufzusuchen und ihr zu erklären ... ja, was wollte und
durfte ich ihr erklären? Ich, ein Fremder, der gar

nicht das Recht hatte, ihr Zimmer zu betreten? Das
überlegte ich und blieb fein still in meiner Stube.

Eines Mittags lehnte ich am Fenster; da sah ich
die Nachbarin vom Stuhle aufspringen, ihre Wangen
waren tief geröthet, wie vor Entrüstung, sie wies mit
der hocherhobenen Rechten gegen die Thüre, der Lehrer
lächelte, setzte seinen glänzenden Cylinderhut auf, zuckte
mit den Achseln und ging dann, laut pfeifend, fort.
Am nächsten Tage wurde das Pianino abgeholt; die
Nachbarin gab alle Mufikstudien auf, und es wurde
wieder einsam bei ihr, und nur wenn der Vogel gar
zu laut sang, wischte sie sich eine Thräne aus dem Auge.

Einsam wurde es bei ihr und so blieb es auch
fortan; bei mir war es nie anders gewesen. Jahr
um Jahr lebten wir dahin, meine Nachbarin und
ich, ein Tag verging, wie der andere, wir grüßten
einander, wir suchten einander schon am frühen Morgen.
Aber das war auch Alles. An meinem fünfzigsten Geburtstage überkam's mich, als müsse ich hinüber zu
ihr, als müsse ich ihr sagen, wie vereinsamt ich sei,
ohne irgend einen Menschen in der weiten Welt, und
wie ich das Alter herannahen fühle, und ob . . . ich
dachte den Gedanken nicht zu Ende. Mit aller Gewalt
hielt ich mich zurück. Manchmal seither zog mir die
Betrachtung durch den Kopf: Wie oft werden zwei
Menschen für's Leben aneinandergekettet, die so ganz

und gar nicht zusammenpassen, und andere müssen
immer getrennt bleiben, denen die Vereinigung Glück
bedeuten würde! ... Hatte ich in der Jugend thörichter-
weise versäumt, die Nachbarin kennen zu lernen, so
war es nun sicher zu spät, viel zu spät.

Vor Kurzem sah ich die Nachbarin schwarz ge-
kleidet. So blieb sie fortan. Sie trauerte. Um wen? ...
In Dämmerstunden zog sie ein Medaillon aus dem
Busen, öffnete es, betrachtete den Inhalt und weinte.
Auch hatte sie mit der Trauerkleidung den goldenen
Reif wieder angelegt, den sie damals trug in den
Jahren der Studentenlieder, damals, als sie das Lied
von den Rosen im Thale sang, das da endet mit
den Worten:

"Da haben wir's wieder gesehen,
Was falsche Liebe thut."

Jüngst sah ich nach der Nachbarin. Ihr Fenster
war verschlossen. Eine Woche lang zeigte sie sich nicht.
Da — ich saß am Fenster und blies die Rauchwolken
meiner Cigarre empor — gingen die Fensterflügel
auf, und in der Stube gegenüber hoben zwei starke
Männer mit Tragbändern einen Sarg auf eine schwarze
Tragbahre. In dem Sarge lag die Nachbarin ...

Ich habe wenige Menschen genauer gekannt, als
meine Nachbarin. Und doch weiß ich nicht einmal, wie
sie geheißen, und habe nie mit ihr ein Wort gesprochen.

Glückliches Ende.

Ein Märchen.

Wer von der Welt wirklich etwas versteht, der weiß, daß es seit jeher Feen gibt, gute und böse, und daß die guten in der Lage sind, ihren Schützlingen das Leben zu versüßen. Allerdings erfreuen nur besonders glückliche, vom Schicksal bevorzugte Menschen sich der unschätzbaren Gunst der guten Feen. Wem diese nicht von der Wiege an zur Seite stehen, der erfährt niemals ihre Gutthaten. Nun brauche ich aber vernünftigen Leuten nicht erst zu sagen, daß in Märchen nur von solchen Personen berichtet wird, die von ihrem Lebensbeginne an den Schutz freundlicher Feen genossen haben; mit anderen beschäftigt sich ein richtiges Märchen nicht, aber was es dann von jenen erzählt, das ist die pure, lautere Wahrheit. Ich kann es beschwören . . . Diesmal sei getreue Mittheilung gemacht vom Schicksale des Königs Heinrich von Blüthenheim, von seinem Leben und seinem Sterben. Jedermann kennt das Königreich Blüthenheim. Es liegt neben dem Früchtereich, mit dem es durch Personalunion verbunden ist, wie Schweden mit Norwegen. Die Bevölkerung von Blüthenheim zeichnet sich durch fröhlichen Sinn, lustige Beweglichkeit, vor Allem aber durch angebornes Talent für den Gesang aus. Dort wird gesungen, tirilirt, während in andern Ländern die Bewohner noch im Bette liegen und mit Schlafen beschäftigt sind ... König Heinrich erbte das schöne Land von seinem Vater. Er hatte sich etliche Jahre vorher verheiratet. Von der Hochzeit wurde allüberall mit Bewunderung gesprochen; so viel Blumen wie da hatte man seit Menschengedenken nicht beisammengesehen. Nun aber war er mit seiner jungen Frau allein' in der Welt, die beiden fühlten sich recht einsam und es ward ihnen schwer um's Herz, wenn sie in Sommernächten im Garten saßen und die Nachtigall schlug und der Mond schien und sie keine Worte fanden, um zu sagen, was sie bedrückte. Sie hatten keine Verwandten mehr, und ein Erbprinz wollte nicht erscheinen, obwohl er sehr willkommen gewesen wäre. Nun waren König Heinrich und seine Frau, Königin Vergißmeinnicht, noch jung, aber sie dachten doch schon daran, daß nach ihrem Tode das Reich an Fremde fallen könnte, und das verstimmte sie und machte sie traurig, so oft sie an die Zukunft dachten. Ihre Traurigkeit wurde immer größer, sie hatten an nichts mehr Freude. Eines Abends, die Königin hatte eben das Nachtessen gekocht und aufgetragen, schlug der König sich vor die Stirne und rief: „Ich war bisher wie verzaubert, daß ich das Wichtigste vergessen konnte. Morgen werden wir einen Erbprinzen haben." — Die Königin war erstaunt, denn sie wußte nichts davon. „Erkläre Dich deutlicher," bat sie. „Sogleich. Mein Vater selig hat in seiner Jugend der Feenkönigin Golkonda einen großen Dienst erwiesen. Sie befand sich in Krieg mit einer anderen Feenkönigin, und da sie in's Feld ziehen mußte, gab sie meinem Vater all' ihre Schätze in Aufbewahrung. Als der Krieg zu Ende war, erhielt sie dieselben pünktlich zurück. Zum Danke dafür wollte sie den Vater heiraten, ihn, da er das ablehnte, zum Hof-Banquier machen, und endlich — nachdem er all' ihre Anerbietungen zurückgewiesen — übergab sie ihm einen Zauberring für ihn und seine Nachkommen. Der Ring, am Zeigefinger der rechten Hand getragen, bringt jedem laut ausgesprochenem Wunsche sofort Erfüllung." „Warum hast Du ihn bisher nicht benützt?" frug Königin Vergißmeinnicht. „Ich dachte nicht daran. Nun wollen wir ihn aber suchen." Sie gingen die Treppe empor, öffneten das Zimmer des verstorbenen Königs und bald fanden sie im Schreibtische den Ring.

„Ob er wirklich die angebliche Zauberkraft besitzt?"
fragte die Königin. -- „Stelle ihn auf die Probe,"
antwortete König Heinrich, steckte den Ring an den
Zeigefinger der Rechten und wendete sich an die Königin: „Was soll ich wünschen?" — „Ein neues
Kleid für mich. Ich trage ohnehin ein gewendetes,
das nicht mehr in der Mode ist." Der König sprach
den Wunsch aus, und schon saß der Königin ein herr-
liches Gewand am Leibe. Die Königin besah sich im
Spiegel, fand die Toilette tadellos und fiel dem Könige um den Hals. Sie liebte ihn nämlich sehr.
Nachdem die erste Probe so glücklich ausgefallen war,
wünschte der König sich einen Kronprinzen. Kaum
hatte er das gesagt, so stand zu Füßen seiner Frau
eine Wiege, darin lag ein schönes Kind mit rosigen
Wangen, es lächelte wie ein Engel. Sie trugen das
Kind in die Wohnung, richteten eine leere Stube, die
sie noch hatten, als Kinderzimmer ein und freuten
sich des jungen Glückes. Am nächsten Tage beim
Frühstück sagte Königin Vergißmeinnicht zu ihrem
Manne: „Sei so freundlich, verschaffe mir auch eine
Tochter, damit der Erbprinz eine Schwester habe."
Der König, ein freundlicher Gatte, entsprach sofort
diesem Wunsche. Er benützte die Gelegenheit, um mit
Hilfe des Zauberringes die Wohnung zu vergrößern,
und die neue Wohnung mußte auch eine neue Ein-

richtung bekommen. Das Alles vollzog sich, indessen
der König seinen Kaffee trank.

Von nun an machte der König unausgesetzten
Gebrauch von dem unschätzbaren Erbstücke, das der
Vater ihm hinterlassen. Wie das so geht: Im Essen
kommt der Appetit. Während er einen Wunsch aus-
sprach, fiel ihm ein zweiter und ein dritter ein; sie
Alle aussprechen und auch schon erfüllt sehen, war die
Sache von Secunden. Das amüsirte den König etliche
Jahre, dann aber fing er an, sich zu langweilen. Er
wußte nicht mehr, was er wünschen sollte, und da
ihm Alles in den Schoß flog, gewöhnte er sich jede
Arbeit ab und ging nicht einmal mehr spazieren,
denn wenn es ihm einfiel, mußten die Feen ihm einen
Wald in sein Zimmer prakticiren, und er lag dabei
auf dem Sofa, das er überhaupt kaum mehr verließ. Nichts störte ihn aus seiner Ruhe auf. Als ein
Nachbar ihn mit Krieg überzog, schickte Heinrich
Soldaten in's Feld, besiegte den Feind, aber mit
Hilfe des Zauberringes, ohne einen Mann zu verlieren. Fürchten und Hoffen, Wagen und Ringen
wurden ihm immer fremder. Er blickte nicht mehr
fragend in die Zukunft, denn er wußte nur zu gut,
daß sein bloßes Wollen genüge, um Alles zu erreichen. Inzwischen wuchs der Erbprinz heran, und
die Feen streuten alle Gaben auf ihn aus. Auch seine

Schwester, Prinzessin Else, gedieh vortrefflich. Die Eltern nahmen dieses Glück wie etwas Selbstverständliches hin. Da sie an der Erfüllung ihrer Wünsche nicht mehr zu zweifeln brauchten, verlernten sie ganz und gar, sich über irgend etwas zu freuen, und schließlich wurde das Leben ihnen gleichgiltig, und sie wünschten gar nichts mehr. Der König bekümmerte sich nicht um seine Regierung, die Königin nicht um ihre Wirtschaft. Es gab im Lande unzufriedene Unterthanen, in des Königs Wäscheschrank zerrissene Strümpfe..

Ueber solche Zustände vergingen Jahre und Jahre. Da vermählte sich der Erbprinz; das Land jubelte dem jungen Paare zu, die ganze Bevölkerung nahm an dem Familien-Ereignisse Antheil, und da die Erbprinzessin schön und liebenswürdig war, herrschte allgemein die froheste Stimmung. König Heinrich machte dem jungen Paare die kostbarsten Hochzeitsgeschenke. Er brauchte sie nicht zu kaufen, nicht auszuwählen, er erhob sich ihretwillen nicht einmal vom Sofa. Der Zauberring schaffte Alles herbei. König und Königin hatten nur eine Liste von dem anzufertigen, was sie dem jungen Paare schenken wollten. Die Liste wurde verlesen, in der nächsten Minute befand sich das Gewünschte zur Stelle.

Mitten in den Schätzen, welche mit Hilfe der Feen rings um sie aufgehäuft worden, ver-

prinz und Erbprinzeffin ihre Flitterwochen. Königin
Vergißmeinnicht hatte, wie alle Mütter, ungemeine
Sehnsucht danach, Großmutter zu werden. „Erweise
mir einen Gefallen," sagte sie deshalb eines Tages
zu ihrem Gatten, „sorge dafür, daß wir noch diese
Woche einen Enkel haben, natürlich einen Prinzen,
damit die Dynastie gesichert ist." — „Mit Vergnügen,"
antwortete der König, gähnte etlichemale, denn er
war sehr ennuyirt, sah nach dem Zauberringe und
gewahrte — daß er ihn verloren hatte. Diese Ent=
deckung rüttelte ihn ein wenig aus seiner jahrelangen
Lethargie auf. Er begann, zu suchen, die Königin half
ihm, sie suchte im Schlafzimmer, in der guten Stube,
in der Küche, überall — und überall umsonst. Die
Dienerschaft — das Königspaar war sehr reich und
hielt außer dem „Mädchen für Alles" einen Lauf=
burschen — wurde angehalten, an der Jagd nach dem
Ringe theilzunehmen.

Es war verlorene Mühe. Der König wollte an=
fänglich an sein Unglück nicht glauben, aber endlich
sah er ein, daß jede Selbsttäuschung unnütz sei. Nun
hieß es für ihn, ein neues Leben beginnen. Er ge=
wöhnte sich daran, wieder zu arbeiten, alle Geschäfte
seines hohen Amtes zu betreiben. Da er über keine
Zauberkräfte mehr verfügte, erkannte er es als seine
Pflicht, wie ehedem zu ringen und zu streben. Da er

nicht mehr mit Hilfe des Ringes feindliche Armeen besiegen konnte, reorganisirte er sein Heer, wohnte den Exercirübungen bei, ernannte neue tüchtige Officiere und suchte, das Land auf natürlichem Wege wehrfähig zu machen gegen feindliche Ueberfälle. Bisher hatte er halbe Tage verschlafen und war infolge dessen dickleibig und schwerfällig geworden. Nunmehr stand er in frühester Morgenstunde auf, empfing seine Räthe, gab Audienzen und vergaß über all' dieser Thätigkeit beinahe des Verlustes, der ihn getroffen. Auch mit der Königin ging eine Umwandlung vor. Sie wußte, daß es mit der Zauberei vorüber war, betreute deshalb wieder ihr Hauswesen, bereitete dem Könige seine Lieblingsspeisen, besserte die schadhaft gewordene Wäsche aus und kam selten dazu, von dem verschwundenen Zauberringe zu sprechen. Wenn die beiden Abends zu Bette gingen, sprach er oder sie irgend einen Wunsch aus und schlief dann in der Hoffnung ein, er werde sich erfüllen; blieb er unerfüllt, so trösteten König oder Königin sich mit der Zukunft, mit der Wahrheit, daß noch nicht aller Tage Abend sei.

Am meisten beschäftigte das Königspaar der Um= stand, daß der Erbprinz eine Tochter bekommen hatte und keinen Sohn; es hoffte von Jahr zu Jahr, der ersehnte zukünftige Erbprinz werde doch noch eintreffen, und nach einiger Zeit beendete der König jeden Tag

damit, daß er sagte: Einen männlichen Enkel zu bekommen, das ist mein letzter Wunsch. Hoffentlich erlebe
ich das noch." Dann faltete er die Hände und betete
zu Gott um diesen Enkel . . . Einmal wurde er krank.
Er war alt, vom langen Regieren müde, die Aerzte,
die ihn untersuchten, schüttelten sehr bedenklich die
Köpfe. Im Regierungsblatte hieß es aber immer,
Seine Majestät sei von einer leichten Unpäßlichkeit
befallen. Mitten in aller Krankheit, mitten in allen
Schmerzen sprach König Heinrich von seinem Lieblings-
wunsche; eines Abends fühlte er sich besonders leicht
und frei — er war brustkrank — und äußerte milde
lächelnd zur Königin Vergißmeinnicht: „Ich habe
eine Ahnung, daß mein Wunsch sich nun bestimmt
erfüllen wird. Mir träumte von einem reizenden Jungen,
den der Erbprinz bekommen. Du wirst sehen, solches
Glück steht uns unmittelbar bevor." Darauf that er
einen tiefen Athemzug und — hatte seine Seele aus-
gehaucht. Auf den Zügen des todten Königs Heinrich
von Blüthenheim lag etwas, wie eine Ahnung kommender
Freude. In froher Erwartung war er gestorben . . .

An seinem Grabe standen zwei Feen.

„Was gabst du ihm, Golkonda?" fragte die Eine.

„Den Zauberring. Aber ich nahm ihm denselben weg
und gab ihm dafür das höchste Glück des Sterblichen wieder: die Kunst, bis an's Ende zu wünschen und zu hoffen."

Mein Storch.

Ein Märchen.

ch brauche keinen Kalender, um zu erfahren, wann es Frühling geworden. Ein Schornstein auf einem alten, hohen Hause in der Schäfergasse sagt mir's alljährlich genau. Da oben auf dem Schornstein haben Herr und Frau Storch seit Jahren ihr Nest errichtet, und zur rechten Zeit kommen sie von ihrer Herbst- und Winterreise in die Schäfergasse zurück. Gar possierlich ist es anzuschauen, wenn sie auf ihrer einsamen Höhe stehen, mit dem langen Schnabel die Luft zerhacken, und wenn ringsum aus den Schornsteinen dünne Rauchwölkchen sich emporschlängeln, zum Zeichen, daß das Feuer des häuslichen Herdes noch nicht erloschen. Und das freut jeden ehrlichen Storch, denn zu ver-einzelten Menschen, die keinen eigenen Herd besitzen, mag er die vielen kleinen Kinder nicht bringen, die er befördern muß, wie ein Postbote die Briefe und Pakete. Herr und Frau Storch aus der Schäfergasse sind vornehme Leute. Sie haben ein elegantes Nest auf einem Wagenrade in Kairo, und sobald die Villeg-giatur in Deutschland ihnen unangenehm wird, über-siedeln sie. Sie sind gemeinhin zu stolz, um mit Menschen menschlich zu reden; wenn sie einen von diesen erblicken, so klappern sie oder zischen, als ob sie heiser wären, aber sprechen hat noch selten jemand sie gehört. Für mein Theil war ich allerdings glücklicher. In Kairo, weit draußen im koptischen Viertel, ging ich in mondheller Nacht durch eine der engen Straßen, in denen noch ein Stück echten Orients lebt und webt. Da hörte ich rufen: „Halt! Halt!" Ich wußte nicht, woher der Zuruf kam, bis ich zwei Störche bemerkte, die jeder auf einem Bein standen, nachdenklich, tiefsinnig wie gefiederte Philosophen. Nun meinte ich, ich hätte falsch gehört. Offenbar hatten die Störche „Klap! Klap!" gemacht. Aber nein, der Ruf wiederholte sich. Nicht „Klap! Klap!" sondern klar und deutlich: „Halt! Halt!" Da blieb ich stehen, denn ich bin gegen Thiere immer höflich. „Was wollt Ihr?" frug ich. Die beiden fingen nun an, gemeinsam zu reden, so daß ich kein Sterbenswörtchen verstand. Darauf wies der Storch die Störchin zurecht. Aber er klapperte den Verweis, damit ich ihn nicht verstünde. Das war rücksichtsvoll gegen seine Frau. Diese fügte sich schmollend, schwieg und ließ ihren Mann reden.

„Das ist spaßig," sagte der Storch zu mir, „daß
wir einander in Aegypten begegnen. Du mußt nämlich
wissen, daß ich es bin, der Dich seinerzeit Deinen
Eltern gebracht hat. Damals lebte ich noch in Wien.
Ich bin später aus politischen Gründen ausgewandert
und zwar nach Frankfurt am Main. Da lebe ich,
solange ich überhaupt in Europa verweile." Und nun
plauderten wir lange. Die Störchin, die endlich auch
zu Worte kam, erzählte mir von ihren vornehmen
Verwandten, von einer Tante, die im Winter bei einem
Nabob in Singapore und im Sommer bei einem Geh.
Commissionsrathe in Pommern wohne; von einer Base,
welche das eleganteste Nest in ganz Afrika besitze;
kurzum, sie theilte mir Dinge mit, die mich höchlich
interessirten... Seither ist eine geraume Zeit ver-
gangen. Ich hätte meines Storchpaares aus Aegypten
vergessen, wenn ich ihm nicht eines Tages in Frankfurt
wieder begegnet wäre. Nur indirect begegnet. Ich ging
nämlich unten in der Straße spazieren, indessen Storch
und Störchin hoch oben auf dem Schornstein standen
und auf die Erde herniederschauten. Kaum hatte ich
sie erkannt, so stieg ich die Treppe des alten Hauses
empor, drang hinauf bis zu einem Dachfenster und
guckte durch dieses hinaus zu meinen Bekannten. Die
hatten natürlich maßlose Freude, und nachdem ich sie
gebeten, mir zu erzählen, was sie seit unserer Kairenser

Begegnung erlebt, nahm die Störchin das Wort — der Storch ließ sie gewähren, er war offenbar gefügig geworden — und berichtete, sie hätten diesmal besonders angenehme Reise gehabt. „Auf dem Hinwege," sprach sie, „waren wir fünftausend, auf dem Rückwege nicht viel weniger, darunter die nobelsten Störche, auch mein Schwager, ein höchst vornehmer Storch, denn er kann mit seinen zwölf Schwanzfedern fast ein Pfauenrad schlagen. Im Ganzen brauchten wir drei Tage nach Kairo. Ihr Menschen reiset langsamer, nicht wahr?" So gab es Rede und Gegenrede, und schließlich stellte ich die Frage, ob es denn die Störche nicht langweile, alljährlich denselben Weg zu machen, ohne Abwechslung, ohne etwas Neues. Die beiden klapperten zueinander etwas mit einem Seitenblicke auf mich — mir war, als verstünde ich sie — dann sagte die Störchin: „Du sprichst eben nicht klüger wie ein Mensch. Ich kann Dir's nicht übelnehmen. Aber denke doch ein wenig nach. Kannst Du Dir etwas Interessanteres vorstellen, als das Leben des Storches, des ewigen Kinderbringers? Niemand sieht so viel Freudenthränen, niemand so viel Jubel wie wir. Niemand empfindet mehr als wir den Genuß, anderen Glück zu bereiten. Diese Freude endet nur mit unserem Leben. Uebrigens weißt Du vielleicht gar nicht, daß gewisse Störche immer und immer unterwegs sind, zwischen Welttheil und

Welttheil. Im Winter auch werden Kinder geboren in Europa, im Sommer in Afrika, zu Zeiten also, da hier und dort keine Störche sichtbar sind. Nur nicht sichtbar. Verstehst Du mich? Unaufhörlich fliegen wir Störche über die Welt hin, halten kleine winzige Menschen unter den Flügeln und geben sie an ihre Adresse ab, aber Eueren Blicken sind wir monatelang entrückt, wir ziehen unsere Bahn in einer Höhe, wohin Euer Auge nicht dringt; rasch wie der Blitz schießen wir auf das Haus nieder, wohin das neue Menschlein adressirt ist, und rasch fliegen wir wieder davon." Das machte mich nachdenklich. „Da Ihr also immerwährend mit den Menschen und ihrem Glücke zu thun habt," meinte ich, „so müßt Ihr viel wissen von den Unterschieden, die in der Welt herrschen, von den tausenderlei Abstufungen von Schmerz und Freude."

„Unterschiede? Mannigfaltigkeit? Abwechslung?" kicherte der Storch und bewegte spöttisch seinen scharf schneidigen Schnabel, „was das für Worte sind! Von der Trauer weiß ich nichts, nur von der Freude. Und glaube mir, es gibt nur e i n e echte, wahre, makellose Freude — deshalb nur diese eine, weil sie auf keine Classe, auf kein Land, auf keinen Erdtheil beschränkt ist. Ich brachte ein Knäblein dem Fellah, der am Nilufer in niedriger, unwohnlicher Lehmhütte sein armselig Leben dahinbringt, und der Fellah hob das Knäblein

jubelnd empor in seinen Armen und dankte Allah, dem
Einzigen, dessen Prophet Mohamed ist und kein anderer.
Ich brachte ein Knäblein dem Könige, der eine glänzende
Krone geerbt hat von seinem Vater und sie weiter
vererben will auf seinen Sohn, ich brachte es in das
prachtstrotzende Schloß, es wurde in eine vergoldete,
mit Seide und Sammt geschmückte Wiege gelegt, die
Hofleute nannten es „Hoheit," der König aber kniete
an der Wiege nieder und dankte dem Gotte, der i h m
der einzige. Durch die ganze Schöpfung geht ein
Gemeinsames: die Freude am neuen Geschlechte. Der
Fellah und der König, sie haben sich nicht mehr und
nicht weniger gefreut als Deine eigene Mutter, da ich
Dich ihr brachte, Du Mann im Dachfenster! Und
Fellah und König und Deine Mutter freuten sich der
Kleinen, die ihnen geschenkt wurden, nicht mehr als
wir, meine Frau und ich, uns freuten, als ein kleiner
Storch zum erstenmale unser Nest belebte."

„Aber Euch bringt doch nicht der Storch die
Kinder?" fragte ich neugierig.

„Das geht Dich gar nichts an," erwiderte der
Storch zurückweisend, und verschämt wendete die Störchin
sich ab.

„Lass' Dich," fuhr der Storch fort, „von einem
alten, erfahrenen Vogel belehren. Alle, die wir da
leben, umschlingt e i n vereinigendes Band. Das ist

die Freude an dem, was ein Kronprinz oder ein Bettler=
knabe, oder ein junges Piephühnchen heißt und was
Alles dasselbe heißt und was dasselbe ist: das K i n d.“

Sprach's, klapperte etwas, womit seine Gattin
sehr einverstanden zu sein schien, und sagte mir dann:
„Nun leb' wohl. Wir haben lange genug geplaudert.
Jetzt will ich um Futter ausfliegen für Weib und Kind.“

Er zog davon, ich aber sah ihm nach und wünschte,
er möge in jeder kommenden Nacht etwas Kleines zu
bringen haben denen, die Liebe im Herzen tragen und
denen es an irgend einem hilflosen Wesen fehlt, diese
Liebe ihm zu bethätigen.

Seither gehe ich nie durch die Schäfergasse, ohne
hinaufzublicken zum Schornsteine. Und — ich hab' es
im Anfange gesagt — ich brauche keinen Kalender,
um zu erfahren, wann es Frühling geworden.

Die Unzufriedenen.

Ein Märchen.

Jch befitze ein Streufandfaß und eine Pendeluhr. Deshalb braucht Jhr mich nicht für reich zu halten. Denn felbft wenn die Beiden von großer Pracht wären, müßte ich noch kein Cröfus fein. Aber fie find gar nicht prachtvoll. Das Streufandfaß hat wirklich die Form eines Fäßchens. Es ift aus Holz gemacht, gelb lackirt und kann auseinandergefchraubt werden. Es gibt fchönere Streufandfäffer. Aber diefes fiel mir einmal in einem Schaufenfter auf und fo kaufte ich es. Jch kaufte es namentlich deshalb, weil ich es nicht brauchte. Dann ftellte ich es auf den Schreibtifch und benützte es nicht mehr, da ich mich Löfchpapiers bediene, wenn ich meine feuchten Gedanken abtrocknen will. Die Pendeluhr habe ich gefchenkt bekommen. Sie ftellt ein von Säulen getragenes Portal vor, zwifchen den Säulen hängt der Pendel und vor dem Portal ift malerifch ein alabafterner

Mann hingelagert, mit einem so langen Barte, daß
ich nicht weiß, ob er den Erzfeind der Barbiere oder
eine mythologische Persönlichkeit vorstellt. Ich mag keine
Pendeluhren. Aber in der Regel bekommt man geschenkt,
was man sich nicht wünscht. Ich bin darauf gefaßt,
daß mir zu einem Geburtstage jemand einmal einen
Elephanten schenkt. Die Pendeluhr stellte ich achtungs-
voll auf eine Commode, und dort steht sie noch.

Ich hätte mich um die beiden Bestandtheile meines
irdischen Besitzthumes nicht weiter bekümmert, wenn
nicht ... Das war ganz eigenthümlich. Eines Abends
saß ich in meinem Arbeitszimmer. Ich hatte keine Lampe
angezündet und wiegte mich in meinem Schaukelstuhle.
So träumt sich's gut, und das Träumen ist doch das
Beste, was wir haben. Da war mir, als hörte ich
zwei wunderliche Stimmen. Die eine klang, als ob
sie irgendwo mühsam aus hundert kleinen Öffnungen
herausdränge, so dünn, so zerfasert. Die andere
ließ sich in einem bestimmten Takt vernehmen: „Eins,
zwei! Eins, zwei!" Es war seltsam. Ich lauschte, und
was ich Anfangs für Sinnestäuschung hielt, das wurde
mir bald zur Gewißheit: das Streusandfaß hielt Zwie-
sprach mit der Pendeluhr. „Seit drei Jahren besitzt er
mich," sagte das Streusandfaß, „und nicht Ein Mal hat
er mich verwendet. Ich schäme mich vor mir selbst, und
wenn Sie nächstens sähen, liebe Pendeluhr, daß ich mich

beim Fenster hinausstürze, so staunen Sie nicht. Auch unsereins hat Ehrgefühl. Als unnützer Raumdieb mag ich nicht geduldet sein. Dazu bin ich mir selber zu gut."

„Liebes Streusandfaß," gab die Pendeluhr zurück, „glauben Sie denn, das meine Existenz erträglicher ist, als die Ihrige? In vier Jahren bin ich nicht Ein Mal aufgezogen worden. Das dulde ein anderer. Entweder man ist eine Pendeluhr oder man ist keine. Ich aber fühle, daß ich nützlich wirken könnte und muß so unthätig dahinleben."

„Sie haben ja so recht," meinte das Streusandfaß, und eine Stunde lang lösten die beiden einander ab mit Jammern und Klagen. Das griff mir endlich ans Herz, und ich beschloß, mich zu bessern. Am nächsten Morgen kaufte ich feinen Goldsand, schüttete ihn in das Streusandfaß, und zog dann die Uhr mit aller Energie auf, bis die Feder „Krrr" machte. Der Pendel flog nun lustig hin und her, ein einförmiges „Tik—tak" ließ sich fortwährend vernehmen. Anstatt des Löschpapieres gebrauchte ich den schönen Sand. Ich war an diesen nicht gewöhnt, verschüttete davon auf den Fußboden — meine Frau wollte sich deshalb von mir scheiden lassen — verdarb meine Federn, verwünschte meine Nachgiebigkeit, aber ich hatte mir einmal vorgenommen, die beiden Unzufriedenen zu beglücken, und so ließ ich mich nicht irremachen.

Eines Abends saß ich wieder im Finstern, wiegte mich wieder im Schaukelstuhl, als Streusandfaß und Pendeluhr wieder miteinander conversierten.

„Denken Sie sich nur, liebe Freundin," sagte jenes, „ich bin nicht mehr ganz jung, bedarf schon der Ruhe, und mein rücksichtsloser Eigenthümer strapaziert mich den ganzen lieben Tag. Jeden Augenblick hat er eine Seite vollgeschrieben, schwups! packt er mich dann, bestreut sein Gekritzel und schüttet den Sand wieder in mich zurück. Er arbeitet jetzt an einer Tragödie, und das ermüdet mich derart, daß ich nicht mehr aufrecht stehen kann. Ach, es ist doch traurig, ein angestrengtes Streusandfaß zu sein."

„Verehrtes Faß," antwortete die Pendeluhr seufzend, „glauben Sie denn, ich habe es besser? Den ganzen Tag muß ich mich bewegen, mich plagen. Nicht eine Secunde habe ich Ruhe; hin, her, hin, her; das nimmt kein Ende, bis ich eines Tages todt von der Commode herabfallen werde; jede Viertelstunde schlagen, die Stunden anzeigen; es ist eine Hundeexistenz! Ich halte das nicht länger aus. Ein Mensch möchte ich lieber sein als eine Pendeluhr, die regelmäßig aufgezogen wird."

Das war mir zu viel. Ich sprang auf, zündete eine Kerze an, entleerte das Streusandfaß, machte die Uhr stehen und nahm mir vor, mich nie wieder durch Seufzer und Klagen rühren zu lassen. Einen Nutzen hat die Sache mir aber doch gebracht: die Er- fahrung, daß Streusandfässer und Pendeluhren nicht gemacht sind, um zufrieden zu sein. Ich freue mich nur, daß wir Menschen in diesem Punkte so hoch stehen über Streusandfässern und Pendeluhren.

Dandy.

Ein Familien-Idyll.

Heinrich und Friederike heirateten einander eines Tages. Das war nicht anders zu erwarten gewesen, denn sie liebten einander seit langer, langer Zeit, fast von ihrer Kindheit an, und weil die Liebe blind macht, bemerkten sie nicht, daß sie um ein Erkleckliches gealtert seit dem Beginne ihrer Bekanntschaft. . . . Sie wurden also Mann und Frau. Niemand war davon überrascht, und ebenso hätte es Niemanden Wunder genommen, würde nach gemessener Zeit ein Drittes, ein Kleines, den Bund der Zwei vergrößert haben. Aber die Störche kommen oft gerade dann nicht, wenn man sie begehrlich ruft. Sie haben ihre Launen und legen keinen Werth auf des Menschen Wunsch und Willen. Heinrich und Friederike reisten unmittelbar nach ihrer Vermählung nach Italien. Friederikens kleinere Geschwister redeten untereinander viel und nachdenklich von dieser Fahrt. Der zwölfjährige Bruder Georg schüttelte einmal weise den Kopf und meinte: „Wenn ich nur wüßte, warum die Hoch= zeitsreisenden gerade nach Italien gehen!" — „Das weißt du nicht?" belehrte ihn Hugo, der Dreizehnjährige, „die meisten Heiraten finden im Winter statt, und da ziehen die Neuvermählten gern nach dem Süden, wo sie zu dieser Zeit am leichtesten einen kinderbrin= genden Storch treffen." — „Dummer Junge," er= widerte Georg, „daß es die Störche nicht sind, welche die Kinder bringen, das weiß ich sicher. Aber woher diese kommen, das ist mir noch unbekannt, und nur, um es zu erfahren, aus keinem anderen Grunde, werde ich heiraten, wenn ich groß bin."

Heinrich und Friederike zogen bis zur blauen Grotte von Capri, aber sie kamen allein zurück. Sie hatten keinen Storch begegnet . . . Und sie waren doch eines Abends am Ufer des Golfs von Neapel — indessen der Gesang der Barcaruoli hinzog über die Fluthen — darüber einig geworden, daß es, wenn ein Knabe: Beppo, wenn ein Mädchen: Richetta heißen solle, als Erinnerung an die unvergeßlichen italischen Honigtage . . . Es verging ein Jahr, das zweite wuchs bereits stattlich an, ohne daß Beppo oder Richetta kommen wollten. „Na, sie lassen eben auf sich warten," meinte der Familienrath; die Zeit wurde dazu benützt, Discussionen über Aussehen

und sonstige Eigenschaften der unpünktlichen Gäste zu
eröffnen. Heinrich wünschte einen Beppo, Friederike
eine Richetta. Darüber konnten sie sich nie und
nimmer einigen, bis Friederike weinend frug: „So
wirst du Richetta nicht lieb haben?“ Darauf lenkte
Heinrich beschwichtigend ein, aber nur in Einem Punkte
gab er nicht nach: Richetta müsse schwarze Haare
haben, nicht aber blonde. „Meinetwegen,“ sagte
Friederike, und es war nun Alles in Ordnung.
Richetta hätte nur zu kommen brauchen. Der Familien=
rath wurde ungeduldig, und obwohl nichts von dem
Erwarteten sich zeigte, fanden doch lange Erörterungen
über die Zukunft der schwarzen Richetta statt. „Der
blonden,“ sagte Friederike, die schon wieder daran
vergessen, welche Concession sie ihrem Manne gemacht.
„Auf alle Fälle,“ bemerkte die Großmutter (von
mütterlicher Seite), „muß sie für irgend einen Beruf
erzogen werden. Heiratet sie, desto besser; wenn
nicht, so kann sie im Leben auf eigenen Füßen stehen.“
Darüber wurde lange debattirt. Als ein sehr wichtiger
Punkt der Erörterung galt die Religion des Kindes.
Heinrich stimmte für Atheismus, Friederike für Ka=
tholicismus. Ein Onkel machte den Vorschlag, es in
keine Confession einzupferchen, bis es erwachsen sei
und sich selbst eine auswählen könne. Bei diesen
Erörterungen ging es sehr heiß her. Einmal wurde

besagter Onkel ernstlich böse, und schwur Stein und
Bein, er betrete Heinrich's Haus nicht mehr, wenn
nicht seinem Rathe gefolgt werde; beerben werde
sie ihn, den alten Junggesellen, ohnehin, er dürfe
also ein Wörtlein d'reinreden. In der That schmollte
er vier Wochen lang, dann kam er wieder, nicht
etwa, weil er seine Meinung geändert, sondern aus
Gewohnheit, aus purer Gewohnheit. Was er im
Uebrigen ausgesprochen, dabei bleibe er. Und wirklich
änderte er kein Jota an seiner Meinung. Die übrigen
Mitglieder des Familienrathes indessen wurden klein-
lauter, sie wollten Richetta ebenso gern willkommen
heißen wie Beppo, und auch ob schwarz oder blond,
bildete keine Streitfrage mehr. Heinrich und Friederike
hofften von einem Tage zum anderen. Sie waren
jung und konnten warten. Hie und da gerieth ihre
Geduld freilich in's Schwanken, aber bald vertrösteten
sie sich wieder mit der Zukunft. „Es wird schon
kommen. Vorderhand haben wir Einer am Andern
genug." Dabei sahen sie einander verliebt in die
Augen, und sie zweifelten nicht daran, daß plötzlich
Jemand an der Thür pochen, eintreten und mit einer
höflichen Verbeugung sich ankündigen werde: „Mit
Verlaub, ich heiße Beppo", oder: ich heiße Richetta."

Viermal war der Frühling in's Land gezogen,
seitdem sie geheiratet. Sie liebten einander wie am

3*

erſten Tage. Daß Beppo und Richetta nicht kamen, erſchien ihnen ärgerlich, aber ihrer Empfindung für einander that das keinen Eintrag. Der Familienrath tröſtete ſie nach beſten Kräften, obwohl ſie keinen Troſt verlangten; die männlichen Mitglieder verhielten ſich reſervirt, die weiblichen zeigten ſich unerſchöpflich, wie nur Frauenſeelen es ſein können. Tante Agnes namentlich wußte tauſende Geſchichten von Eheleuten, die ſpät, ſehr ſpät Kinder bekamen. Vier, fünf Jahre, das ſei gar kein Zeitraum. Sie kenne einen Hofrath, deſſen Frau nach vierzehnjähriger kinderloſer Ehe eine Tochter und von da an alljährlich wieder eine geboren, bis ſie ihrer ſechs hatte. Eine ihrer Jugend= freundinnen ſei nach dreizehn Jahren Mutter ge= worden . . . Baſe Johanna ſprach von Wunderpillen, welche beſſere Dienſte leiſten, als die berühmteſten Heilquellen . . . Marianne, unter den Verwandten die einzige alte Jungfer, verhielt ſich all' dieſen Mit= theilungen gegenüber kühl. Sie ſpielte auf einer anderen Saite, indem ſie die Meinung ausſprach, wenn man Kinder habe, ſo ſolle man froh ſein, aber wenn man keine habe, nicht minder, denn es bleibe Einem viel Kummer und Sorge erſpart. Frau R. — die blonde Frau R., deren Mann ſo viel an der Börſe verloren — mußte drei Söhne und vier Töchter hinſterben ſehen und ſei nun kinderlos, als hätte ſie

sie nie besessen. Sei es da nicht besser, keine zu be=
kommen? Und selbst, wenn sie am Leben bleiben,
welche Sorgen während ihrer ersten Jugend! Wachsen
sie heran, wie viel Kümmerniß können sie Einem be=
reiten! Der einzige Sohn der Frau Rechnungsrath
K. habe sich neulich wegen Spielschulden erschossen . . .

Friederike hörte solchen Gesprächen stillschweigend
zu. Heinrich pflegte das Zimmer zu verlassen, sobald
auf dieses Capitel die Rede kam. Wenn er mit seiner
Frau allein war, wich er dem heiklen Thema aus,
und nach und nach hörte auch der Familienrath auf,
sich damit zu beschäftigen. Tante Agnes erzählte nicht
mehr ihre wunderbaren Geschichten, Base Johanna
hatte mit ihren Wundercuren den Rückzug angetreten,
seitdem Friederike einen Sommer in Franzensbad,
einen anderen in Schwalbach gewesen; Marianne ritt
nicht mehr ihr Steckenpferd: die Berichte über Leid
und Sorge, bereitet durch Nachkommenschaft. Beppo
und Richetta waren so gut wie gestorben . . . Friederike
hatte einmal, als sie allein war, Richetta gezeichnet.
Später vernichtete sie die Zeichnung, und so blieb keine
Spur von dem ungeborenen Kinde.

Als Heinrich und Friederike einmal Abends spa=
zieren gingen, begegneten sie einer alten Dame, die
an einer Schnur ein Hündchen führte. Sie rief es:
„Joli." Aber es war gar nicht hübsch. Der kleine,

dürre Köter trug ein schwarzes Röckchen mit rothen Borten, in einer Ecke ein Monogramm. Heinrich lachte über das also costümirte Thier, aber er sagte: „Wie wäre es, wenn wir uns auch einen Hund kauften?" — „Ich bin dabei," meinte Friederike, „aber einen schönen, gescheidten." — „Abgemacht."

Am nächsten Morgen ging Heinrich auf die Suche. Er blieb lange aus. Gut Ding will Weile. Gegen Mittag kam er nach Hause und brachte einen Pudel, weiß wie ein Lamm, mit krauser, wohlgepflegter Wolle, mit funkelnden, kohlschwarzen Augen und klug, klug, nicht zu sagen! Er konnte nicht nur die gewöhnlichen Kunststücke machen, die jeder halbwegs gebildete Hund macht, er spielte Domino und trank Champagner. Das mag einen Begriff geben von seiner Cultur! Er war aber auch in einem der ersten Hunde-Institute erzogen worden. Den Namen „Dandy" hatte er mit Fug und Recht erhalten, so elegant und zierlich war er, ein vierfüßiger Stutzer. Heinrich und Friederike beschäftigten sich sehr viel mit ihm, und da ein Hund umso intelligenter wird, je mehr die Menschen ihm Beachtung schenken, entwickelte „Dandy" sich zu einem wahren Phänomen. „Es fehlt ihm nichts als die Sprache," bemerkte Friederike einen Monat, nachdem „Dandy" Hausgenosse geworden. „Dandy" schloß sich an seine Gebieter mit allen Künsten der Schmeichelei an; er saß entweder bei seinem Herrn oder bei seiner Frau; und ging er mit ihnen aus, so bettelte er so lange, bis man ihm einen Sonnenschirm, einen Spazierstock oder sonst etwas zu tragen gab. Das ihm anvertraute Gut hielt er fest in der Schnauze. Wehe dem, der es ihm hätte nehmen wollen. „Dandy" wußte, was er seiner Stellung schuldig war. Im Familienrathe wandten sich ihm nach und nach alle Sympathien zu. Tante Agnes fürchtete sich vor Hunden und schien eine zeitlang zu argwöhnen, „Dandy" wolle sie fressen; aber der weitkundige Pudel behandelte diese Dame mit so viel Ehrerbietung, daß sie Zutrauen zu ihm faßte und ihn liebgewann. Sie benützte seine Existenz, um merkwürdige Züge aus dem Leben anderer Hunde zum Besten zu geben, Rettungen, Beweise von seltenem Instinct, Heldenthaten der Bernhardiner und zum Schluße jedesmal — sie vergaß nämlich von Fall zu Fall, was sie schon erzählt hatte — die Geschichte des Mopses, der sich zum Geburtstage seines Herrn, um diesen zu überraschen, photographiren ließ.... Marianne begnügte sich, ihrer tiefen Neigung für „Dandy" durch die stereotype Phrase Ausdruck zu geben: „Er ist klüger als so mancher Mensch."

„Dandy" legte gegen den gesammten Familienrath Liebe, gepaart mit Achtung, an den Tag. Gegen Fremde war er artig und gemessen. Eigentliche Zärtlichkeit hatte

er für Heinrich, Friederike und der Letzteren Eltern. Er
wurde deshalb von Heinrich „Schwiegerpudel"
getauft, und wenn der Familienrath gut gelaunt ist,
ruft er ihn bei diesem Spitznamen. „Dandy" hört darauf,
aber er knurrt jedesmal. Der Spaß scheint ihn zu
ärgern ... „Dandy" geht mit anderen Hunden wenig
um. Heinrich hält ihn von den gewöhnlichen Kötern
fern, und Friederike läßt das gewähren; er lehrt ihn
neue Kunststücke, gibt genaue Vorschriften, wie er
gefüttert werden muß; und wenn „Dandy" erkrankt,
holt Heinrich persönlich den renommirtesten Thierarzt.
Einmal durchwachte er bei ihm eine halbe Nacht, um
ihm stündlich einen Löffel Medicament einzuflößen.
Friederike theilte sich mit ihm in die Sorge um „Dandy,"
der sein Nachtlager in dem Schlafzimmer seiner Gebieter hat. Träumt „Dandy" unruhig, so wacht Heinrich
oder Friederike auf und sieht besorgt nach dem Liebling.
Natürlich hat dieser auch seine Schwächen. Er will
z. B. keine Milch trinken. „Daran bist du schuld,"
klagt dann Heinrich, „du hast ihn so verwöhnt." —
„Nimm nur dich bei der Nase," erwidert Friederike,
„du hast allen seinen Launen nachgegeben, und jetzt
ist es zu spät, jetzt müssen wir ihn nehmen, wie er
ist." — Die Beiden, die sonst niemals zanken — wie
sollten sie auch als Eheleute! — gerathen über „Dandy"
in kleine Meinungsverschiedenheiten. Aber diese ver=

schwinden alsbald, und ein Hund kann ein Muster sein, auch wenn er keine Milch trinkt. Verzogen haben übrigens — im Vertrauen gesagt — Beide ihn, Herr sowohl wie Frau. Sie benützten nie die Pferdebahn, weil „Dandy" da nicht mitfahren darf. Sie lassen ihn fast nie allein zu Hause. Kurzum: „Dandy" tyrannisirt sie, er macht mit ihnen, was er will, und gegen seine Capricen gibt es keine Auflehnung.

Auch im Familienrathe wird er als Großmacht respectirt. Die Tanten und Basen lassen ihn aus ihren Kaffeetassen trinken — er liebt den Kaffee etwas braun und sehr süß — geben ihm die besten Stücke Kuchen und bringen ihm allerlei Naschwerk mit: Haselnüsse, Mandeln, Malagatrauben u. s. w. Tante Agnes erzählt von Hunden, die zwanzig Jahre alt geworden und noch älter. Sie selbst habe welche gekannt . . . Wer das Alles mit ansieht und mit anhört, möchte glauben, „Dandy" nehme einen Platz ein, der eigentlich einem Anderen bestimmt war.

Heinrich äußert sich darüber nie. Nur ein einzigesmal ist es ihm passirt, daß er dem klugen Pudel zurief: „Schön aufwarten, Beppo!"

Ein Bergsteiger.

Da und dort im Laubwalde hat schon ein gelbes Blatt unter die grünen sich gemengt, verschämt und schüchtern, als käme er zu unrechter Zeit, kündigt der Herbst seine Nähe an, und in den Spätabendstunden ist's einem manchmal, als sei der Sommer bereits vorüber ... In solchen Tagen tritt mir wieder das Bild eines Mannes vor Augen, der mit dem Sommer in so innigem Zusammenhange gestanden und dem der Herbst Jahr für Jahr einen Strich durch die Rechnung seiner Freuden bedeutete. Ich könnte mit einem einzigen Worte sein Signalement geben; er war enthusiastischer Bergsteiger, wie wir Wiener sagen: Bergfex ... Aber wie arm ist die Sprache, wenn sie einen Menschen kurz und bündig kennzeichnen soll! Sie schlägt tausend Individualitäten über Einen Leisten, und nachträglich muß man ihr mühsam auf langen Umwegen eine wirkliche Charakteristik abringen. Bergsteiger, Bergfexe gibt es sonder Zahl. Karl Wilms

— nun, da er todt ift, keine Witwe, kein Kind ihn überlebt, darf ich mit wehmüthigem Lächeln ihn wohl nennen — war ein ganz befonderes Exemplar der weitverbreiteten Gattung. Schon wie ich ihn kennen lernte, ihn und feine Paffion, das war ganz anders als fonft das Bekanntwerden mit Bergfteigern und Bergfexen. Vor zehn Jahren wohnte ich im Bezirke Josephftadt. Diefer Bezirk ift bekanntlich das Beamten= viertel; ihm hat das Bureaukratenthum einen un= zweideutigen Stempel aufgedrückt. In keinem Theile von Wien fieht man früh Morgens fo zahlreich, wie dort, ältere Herren in zugeknöpften fchwarzen, nicht mehr ganz modernen Gehröcken, nirgends, fo wie dort, laffen fich die — nach der Beamten=Hierarchie ab= geftuften — Nuancen des Morgengrußes beobachten. Nachdem ich etliche Jahre in der Josephftadt gewohnt, wußte ich ganz genau, wie ein Concipift einen Minifterial= rath grüßt, wie ein Oberlandesgerichtsrath einem Adjuncten dankt, und aus Gruß und Gegengruß zweier einander Begegnenden zog ich ziemlich ficheren Schlüße darauf, welcher Diätenclaffe die Beiden angehörten .... So war ich mir denn auch darüber klar, daß der kleine Mann, welcher täglich mein Frühftücksgenoffe im Kaffeehaufe war, zum Beamtenthum zählte. Ich hatte mich an feine Gegenwart fo gewöhnt, daß ich ihn beim Eintreten fuchte, und fein Blick fiel auch

suchend auf mich, ja vorwurfsvoll, wenn ich ungewöhnlich
spät kam. Wir hatten noch nicht miteinander gesprochen
und waren doch schon befreundet, denn wir waren
einander nothwendig geworden, und in solcher Noth=
wendigkeit liegt ein Stück Freundschaft. Im Wiener
Kaffeehausleben entwickeln sich eine Menge solcher Be=
ziehungen — dem Nichtwiener unerklärlich . . . Nur
bleiben diese Beziehungen nicht immer stumm. Eines
Tages fängt man zu reden an, ein Wort gibt das
andere, und bei einer Flasche Gumpoldskirchner wird
dann Bruderschaft getrunken. So weit bin ich mit
Karl Wilms nicht gekommen, aber sein Vertrauen
erwarb ich mir; er sprach mir von seinen Neigungen
und Wünschen, und namenlos dankbar war er mir
dafür, daß ich ihn nicht verspottete. Zum Spotte lag
allerdings ein wenig Grund vor, wenn man seine
Erscheinung und seinen Lieblingssport zusammenhielt.
Die kleine Gestalt knickte in der Mitte nach vorne ein,
erinnerte also an ein Taschenmesser, dessen Klinge weder
ganz geöffnet, noch ganz geschlossen ist; das kleine, kugel=
runde Gesichtchen war weithin an den langen Haaren
und den staunenswerth großen Brillen erkennbar; in
der Nähe offenbarte es sich als ein gelber, auf Knochen
gespannter Ueberzug. Dazu eine scharfe Kinderstimme,
winzige Füße und Hände, und das Alles eingehüllt in
schwarze Kleider — auch im Hochsommer — auf dem

Köpfchen ein immens hoher Cylinderhut, in's Gesichtchen hineinragend die Spitzen eines „Vatermörders." So fand ich ihn bei unserer ersten Begegnung; und so erschien er, als er eines Morgens den Frühstückstisch verließ, um nicht wieder an denselben zurückzukehren. An jene erste Begegnung erinnere ich mich, als hätte sie gestern stattgefunden. Beim Eintritt fiel das seltsame Männchen mir auf. Ich suchte die originelle Figur meinem Auge einzuprägen für den Fall, daß ich sie nicht wiedersähe. Wilms — in Wiener Kaffeehäusern ist der Name von Stammgästen das secret de Polichinelle, und so rief der Marqueur in diesem Falle wie zu meiner Belehrung: „'Morgen, Herr von Wilms!" — also Wilms brauchte nichts zu bestellen, er bekam sein Glas Kaffee und dazu — keine Zeitung. Das fiel mir auf. Ich behielt ihn im Auge und gewahrte, daß er aus seinem schwarzen Rocke ein roth eingebundenes Buch hervorholte. Nun hätte ich wissen mögen, was der Kleine las. Am nächsten Morgen und am nächstnächsten dasselbe rothe Buch; ich fingirte endlich einen Gang durch das Local und erhaschte im Vorübergehen den Titel: „Bädeker's Süddeutschland und Tirol." Also Einer, der sich auf eine Reise vorbereitet, dachte ich. Aber die Sache wurde mir immer eigenthümlicher, denn Tag auf Tag verging, Wilms trank seinen Kaffee, las seinen Bädeker, blieb aber

in Wien. Einmal verließ ich gleichzeitig mit ihm das
Local; da sah ich, wie er auf der Straße im Gehen
weiterlas im Reisehandbuche, eifrig, vertieft, wie er hie
und da Jemanden anrannte, höflich um Entschuldigung
bittend, den hohen Cylinderhut lüftete, aber in der
nächsten Minute sich wieder peripatetisch seiner Lecture
hingab, unbekümmert um den Verkehr ringsum. Etlichemale folgte ich Wilms, hörte auch, wie er von einigen
Angerannten mit Grobheiten überschüttet wurde, die
er mit verlegenem Lächeln über sich ergehen ließ, und
konnte endlich der Versuchung nicht widerstehen, seine
persönliche Bekanntschaft zu suchen. Wer sich mit Reise-
projecten beschäftigt, hört Andere gern von solchen Projecten erzählen. Auf diese Erfahrung baute ich, als ich
eines Tages zum Frühstück mich unmittelbar neben
Wilms setzte und ein dunkelbraun gebundenes Buch
vor mich hinlegte. Wilms schielte nach dem Buche, bis
er den Titel lesen konnte: „Meyer's Reisebücher. Süd-
Frankreich. Bibliographisches Institut." Diese Worte
auf dem Deckel verschlang er freudigen Blickes, überlegte eine Weile, was zu thun sei, und wendete sich
dann an mich: „Verzeihen Sie, gehen Sie nach Süd-
Frankreich?" — „Ich habe die Absicht." — „Sie
Glücklicher, wer so weit reisen könnte. Wie herrlich muß
es dort sein! Ewiger Sommer, herrliche Panoramen!
Waren Sie schon in Süd-Frankreich?" — „Im vorigen

Jahre." — „Haben Sie Berge bestiegen?" — „Den
Pic de Ger und den Pic d'Autenac." — „Wie beneide
ich Sie! Erlauben Sie, daß ich einen Augenblick in
Ihrem Buche blättere." Er überflog strahlenden Auges
einige Capitel, betrachtete die Stahlstiche, welche Gebirgs-
ansichten darstellten, besann sich aber dann, daß es hohe
Zeit sei, in's Bureau zu gehen, und empfahl sich. Von
da an waren wir gute Bekannte, ich begleitete ihn oft
auf seinem Gange zum Amte, und nach und nach ge-
wann ich Einblick in dieses seltsame Menschenwesen.
Wilms wurde melancholisch, so oft er darauf zu sprechen
kam, daß er den Süden wohl niemals sehen werde.
Er müsse — meinte er — mit Mittel-Europa sich
begnügen, und ich tröstete ihn damit, daß die Natur
auch hier Wunderbares hervorgebracht habe. Allmälig
sah ich ein, daß Wilms allerdings auch Mittel-Europa
nicht viele Genüße verdankte. Geboren als der Sohn
eines kleinen Staatsbeamten, studirte er mit Hilfe
von Stipendien, gab für kärglichen Lohn Unterricht,
anstatt etwas von der schäumenden Frische des Studenten-
lebens kennen zu lernen; und vom Studium ging er
zum Staatsbeamtenthum über. So war er eingetrocknet,
verschrumpft in jungen Jahren, und er brauchte irgend
ein Gegengewicht wider diese lastenreiche und freudlose
Existenz. Dieses fand er in der Natur! Aber nicht
etwa auf Wiesen und in Thälern, nicht in Gärten oder

Parks. Nein, in der Seele dieses zur Höllenstrafe der
Stubenhockerei Verdammten hatte sich eine tiefe, flammende Neigung für das Hochgebirge eingeschlichen.
Hinauf sehnte er sich in die Regionen, wo reinere Lüfte
die Lunge erquicken, wo die Welt unten Einem klein
dünkt, und inmitten einer gewaltigen Scenerie selbst
ein Regierungsrath sich winzig und zwerghaft erscheint.
Von gewöhnlichen Ausflügen, von den sogenannten
Landpartien, wollte er nichts wissen. Der Kahlen- und
der Leopoldsberg erschienen ihm lächerliche Hügel, die
er nie bestieg. Wirkliche, leibhaftige Berge lockten ihn,
nach Gletschern sehnte er sich, nach steilen Felswänden,
die nur mit Lebensgefahr zu besteigen sind. Er dachte
an den Montblanc, an die Jungfrau! Aber allmälig
mäßigte er seine Ansprüche. Er war nicht Herr seiner
Zeit und gebot nur über schwache Geldmittel. Ein
fleißiger Beamter, fand er doch keine innige Freude
am Bureaukratenleben, und so brachte er es auf
keinen grünen Zweig. Er avancirte mit schneckenhafter
Langsamkeit, und bis an sein Lebensende hat er nicht
mehr als das Nothwendige gehabt. An's Heiraten
dachte er seltsamerweise nie. Er wollte ungebunden
sein, frei; außerhalb der Amtsstunden war er ein un-
ruhiger Geist, nicht gemacht für die friedlichen Be-
schränkungen, die Einem am häuslichen Herde erwachsen.
Freilich blieb seine Unruhe theoretisch, denn das Amt

hielt ihn streng im Zügel. Während der ersten zehn
Jahre seines Beamtenthums machte er Pläne für
touristische Unternehmungen. Die Ausführung verschob
er auf später, denn erstens war damals sein Ein-
kommen zu klein, um ihm irgend welchen Luxus zu
gestatten, und dann sagte er sich: „Ich bin jung.
Wozu mich übereilen? Ich spare mir das Alles für
spätere Jahre auf." Nach den zehn Jahren war er
älter und sein Gehalt etwas größer geworden. Nun
mußte er — das Alles hat er selbst mir nachträglich
angedeutet — arme Verwandte unterstützen, sein Ge-
ringes mit ihnen theilen. Da war wenig Geld übrig
für Bergfahrten. Aber Wilms blieb heiter und wohlgemuth. Ein Beamter kann avanciren, man ahnt
kaum: wie hoch, und die Berge bleiben auf ihrem
Platze stehen; es ist also gleich, ob man sie ein Jahr-
zehnt früher oder später besteigt. Mit solchem Gedanken-
gange beschwichtigte Wilms sein touristisches Ich, zog
weiter am Staatskarren und freute sich, als seine
Bezüge wieder ein wenig wuchsen; denn seine einzige
Schwester war verwittwet und brauchte für sich und
ihre Kinder Unterstützung. Mittlerweile war er sehr
sattelfest geworden in Sachen des Bergfexenthums.
Eine Unmenge Bücher über Gebirgswanderungen hatte
er verschlungen, aus einzelnen citirte er ganze Seiten
mit jenem tiefen Behagen, mit dem ein guter Clavier-

spieler etwa ein Chopin'sches Musikstück auswendig
vorträgt. Seine Amtscollegen kannten seine Neigung,
er galt unter ihnen als touristische Autorität, und in
jedem Sommer durfte er für die Hofräthe und den
Sectionschef eine Urlaubstour zusammenstellen, ja,
einmal war er nahe daran, für den Minister selbst
eine Reiseroute zu entwerfen. Zum Malheur wurde
der Minister, auf eigenes Ansuchen, aus Gesundheits-
rücksichten seines Amtes enthoben und nahm Wilms
nicht mehr in Anspruch. Des letzteren Zusammen-
stellungen waren tadellos; er hatte einmal die Genugthuung, den kränklich gewesenen Sectionschef von einer
Gebirgsreise so gesund wiederkehren zu sehen, daß
dieser ihm auf die Schulter klopfte und dazu bemerkte:
„Brav, lieber Wilms, sehr brav . . .“

Als ich Wilms kennenlernte, hatte er noch keinen
Gebirgsausflug unternommen. Aber vorbereitet war
er auf unzählige. Wir verließen eines Morgens das
Kaffeehaus, als er mir mit einem Kinderlächeln sagte:
„Na, im nächsten Sommer fange ich an. Ich gehe
nach Heiligenblut und von dort auf den Großglockner,
Besteigung des Großglockner schwierig, zwei Tage, nur
von geübten Bergsteigern mit zwei Führern à 8 fl.
(drei für zwei Reisende) zu unternehmen. Die Leiterhütte
(2010 Meter), eine dürftige Sennhütte, 2½ Stunden
von Heiligenblut, gewährt ein Nachtlager auf dem

Heu; von hier über die (2 Stunden) Salmshöhe (2677 Met.) und das Leiterkees mühsam zur (2 Stunden) Hohenwarthsscharte (3296 Meter) und (2½ Stunden) Adlersruhe (3463 Meter); weiter zum (2 Stunden) Gipfel des Kleinglockner (3764 Meter) und über die 10 Meter lange, ½—⅔ Meter breite Scharte zur (1 Stunde steilen) höchsten Spitze (3796 Meter). Großartige Aussicht. Hinab bis Kals oder Heiligenblut 6 Stunden." — Das sagte er her, wie ein Schulknabe seine Lection, und sah mich dann triumphirend an; ich fand die Stelle wörtlich in Bädeker's „Österreich," Seite 166 . . . „Warum unternehmen Sie die Partie nicht in diesem Sommer?" — „Der älteste Sohn meiner Schwester macht sein erstes Rigorosum, und das kostet Geld. Diesmal darf ich nichts auf Vergnügungen ausgeben, aber nächstes Jahr! Und übrigens versäume ich nichts." — Wie alt sind Sie, Herr Wilms?" Die Frage war mir unwillkürlich entschlüpft. — „Ein= undsechzig vorüber..." Unsere Zusammenkünfte dauerten fort. Im nächsten Frühling kaufte er allerlei Reise= literatur, Steub, Noë, Berlepsch, und des Abends, nach der Amtszeit, las er fleißig darin. „Was glauben Sie," frug er mich, als wir miteinander den Kaffee nahmen, „soll ich nach Heiligenblut über die Pfandl= scharte oder über das Hochthor? Der Weg über die Pfandlscharte ist zwar etwas weiter, als über das

4*

Hochthor, führt aber an der Pasterze vorbei, so daß
man sich die Wanderung dorthin von Heiligenblut aus
erspart." — „Gehen Sie über das Hochthor. Sie sollten
sich überhaupt nicht zu sehr anstrengen, denn es wird
Ihre erste Gebirgstour sein, und für eine solche will
der Körper vorbereitet und geschult sein." — „Dafür
habe ich gesorgt. Wer so viele Gebirgstouren im
Geiste gemacht hat, der kann sie dann auch physisch
ausführen." Ich schwieg, um Wilms nicht durch Wider=
spruch zu kränken. Etliche Tage später kam er mit der
Nachricht, er werde in dieser Saison keinen Urlaub
bekommen können. Im Amte sei viel zu thun, einige
seiner Vorgesetzten fühlen sich unwohl, dürfen sich des=
halb nicht mit Arbeit überladen, und so müsse er in
Wien bleiben. Ich wollte ihn trösten, er aber bedurfte
gar keines Trostes. „Desto besser," sagte er, „ich ver=
schiebe das Ganze auf den nächsten Sommer, dann
habe ich Anrecht auf einen um so größeren Urlaub.
Ich verbinde dann etliche Touren miteinander. Was
halten Sie vom Steinernen Meer bei Zell am See?
Das gewaltige Steinerne Meer, allüberall klaffende
Risse und Spalten zeigend, gibt Anlaß zu vielen Be=
steigungen. In etwa neun Stunden begeht man das
drei Stunden breite Plateau seiner Länge nach (Führer
7 fl.). Die bemerkenswerthen Gipfel dieses fast senkrecht
aus dem Saalachthale aufsteigenden Gebirgsstockes

zählen nach Dutzenden, und keiner ist unter 2000 Meter
hoch." — „Ein vortrefflicher Plan." — „Ich freue
mich auch schon sehr darauf. Die Reise wird viel Geld
kosten, sündhaft viel, aber bedenken Sie, die Gebirgs=
reisen sind meine einzige Passion. Ich besuche kein
Theater, kein Concert — da darf ich wohl nach
anderer Richtung ein wenig verschwenden." Im
Laufe des Herbstes und des Winters machte Wilms
einige Einkäufe. Er schaffte sich Bundschuhe mit be=
nagelten Sohlen, Steigeisen, Wadenstutzen aus Schaf=
wolle, ein Flanellhemd an, und das Alles brachte er
in's Kaffeehaus mit, um es mir zu zeigen. Einmal
kam er zum Frühstück mit einem riesigen Bergstocke
und einem Tornister für Handgepäck. Nun zogen wir
über die Josephstädter Hauptstraße in die innere Stadt,
ich — um meinem Gefährten einen Theil seiner Last
abzunehmen — den Tornister in der Hand, Wilms
mit dem Bergstocke, als seien die österreichischen Aemter
auf unwegsamen Höhen gelegen, zu denen man nur
mit geübten Führern emporgelange. Wer ihm so be=
gegnete, mochte glauben, Wilms begebe sich direct auf
den Mallnitzer Tauern, nicht aber in die Lotto=Direction,
um dort Actenstücke zu erledigen.

Und der Sommer kam, und es traten wieder
Hindernisse ein. Wilms stand ein Avancement bevor;
er hätte sich dasselbe vielleicht verscherzt, wenn er ge=

rade vor einer Rang= und Gehaltserhöhung um Urlaub
eingekommen wäre. „Also erst nächstes Jahr," meinte
er, „na, ich versäume nichts. Aber ich glaube doch,
ich gehe über das Hochthor nach Heiligenblut. Auf
Bergpartien soll man nicht unnütz Zeit verschwenden,
und das würde ich thun, wenn ich den Weg über die
Pfandlscharte nähme. Wenn ich nur schönes Wetter
finde! Es ist wegen des Panoramas vom Großglockner.
Vom Großglockner zeigt sich an nebelfreien Tagen eine
Aussicht, so umfassend und großartig, wie man sie
nur noch in der Schweiz zu finden vermag. Von der
Oertlergruppe bis zu den kleinen Karpathen, vom
mährisch=böhmischen Gebirge bis zur Adria schweift
der Blick. Nördlich erstreckt sich die baierische Ebene
bis Regensburg; gegen Süden die Dolomit=Alpen bis
zum Terglou." — „Sie werden da ein prachtvolles
Schauspiel haben." — „Das will ich meinen."

Im nächsten Sommer starb des Bergfexes
Schwester, im zweitnächsten litt er an einem Halsübel,
er mußte also zu Hause bleiben, und da lernte er
Amthor's „Alpenführer" auswendig. Er kannte jeden
Winkel des gelobten Landes, das er nie gesehen . . .
Und noch ein Sommer kam. Wilms kränkelte. Er
wurde pensionirt, und nun saß er tagelang im Lehn=
stuhle daheim, vor sich die Bücher über das Gebirge,
die Steigeisen, die Bundschuhe, Alles, was Einer braucht,

um auf den Gipfel des Großglockners zu kommen. Ich besuchte ihn oft. Während eines Besuches sagte er mir traurig: „Ich glaube, für mich ist's vorbei mit dem Großglockner und dem Steinernen Meer. Ich bin zu alt dazu. Aber im nächsten Sommer, bis ich wieder ganz wohl bin, steige ich wenigstens auf den Schneeberg. Kommen Sie mit?" — „Sehr gern." — „Sie wissen doch alles Nähere? Die Besteigung des Schneeberges (2075 Meter) wird meist von Guten= stein, von Buchberg oder von Reichenau aus unter= nommen. Von Reichenau (6 Stunden bis zum Gipfel, Führer hin und zurück 3, mit Uebernachten 4 fl.), respective dem Thalhof führt der Weg durch die Eng, eine wilde Schlucht, zum (2 Stunden) Lackenboden; (2 Stunden) Baumgartner=Alp (Wirthshaus, Bett 1 fl.); von da noch 2 Stunden zum Gipfel (Kaiser= stein); $\frac{1}{2}$ Stunde unterhalb auf dem Ochsenboden eine steinerne Touristenhütte. Aussicht sehr ausgedehnt, westlich bis zum Dachstein. Abstieg vom Baumgartner zum Kaiserbrunnen im Höllenthal beschwerlich; besser nach Buchberg und durch das malerische Schönsteiner Thal nach ($2\frac{1}{2}$ Stunden) Station Ternitz oder Neun= kirchen; Wagen 5 fl., Führer von Buchberg über den Schneeberg zur Singerin und durch's Höllenthal nach Payerbach (16 St.) 4—5 fl." — Das Sprechen hatte Wilms angestrengt. Er lehnte sich zurück und holte schwer Athem. Von da an rang Wilms Stunde für Stunde mit dem Tode.

Bei Sonnenuntergang ist er gestorben, mit der Rechten krampfhaft Bädeker's „Süddeutschland und Oesterreich" festhaltend. Seine letzten Worte waren: „Im nächsten Sommer..." Nun liegt der Bergfex, der nie auf einem Berge gewesen, unter einem kleinen Hügel. Ich war jüngst an seinem Grabe, um an demselben einen Strauß von jener Blume nieder-zulegen, von der er ein ödes, ereignißloses Menschen-leben hindurch geträumt: der Alpenrose.

fräulein Doctor.

as Städtchen Riva am Gardasee hat zwar ein Theatergebäude, dem auf der Stirne geschrieben steht: „Teatro sociale." Aber dieses Kunst= institut ist immer geschlossen, und nur die ältesten Leute erinnern sich dunkel, von Vorstellungen erzählen gehört zu haben, die im Teatro sociale angeblich einmal stattgefunden. Wenn es in Riva Regen gibt, kann der Mensch sich an den Abenden zu Tode langweilen, zumal der wunderherrlich gelegene, südtirolische Ort in mancher Saison nur von wenigen Fremden besucht wird. War ich doch während eines Novembermonates im „Giardino" der einzige Gast, so einzig, daß der Padrone mir eines Tages den Vorschlag machte, ich möge auf seine Kosten auswärts speisen, denn er müsse sonst nur um meinetwillen einen Koch halten. Ich packte mein Ränzel und ging weiter nach Süden, bis hinab in den Zauberkreis der blauen Grotte von Capri. Aber nach Riva kam ich doch wieder. Denn

dort ist es schön herrlich für den Deutschen. Er hört seine
Mutterlaute, er ist nicht mehr auf ganz deutschem
und noch nicht auf ganz italienischem Boden, mit
einem Fuße steht er in der Heimath, mit dem andern
in der Fremde, und dazu Licht, Sonne, der azurfar-
bene See, die hohen, dunklen Berge, die milde Luft,
und Heckenrosen, die im November, und Astern, die im
December blühen! .. Ich kam wieder und ruderte wieder
hinaus zum Ponal, dem hochaufschäumenden Wasser-
falle, und wanderte wieder zwecklos, sinnend und
träumend stundenlang dahin auf der schlangenartig
auf und ab sich windenden Kunststraße, die gen Brescia
führt, und als es anfing, Bindfaden zu regnen,
kehrte mir auch die Langeweile wieder. In Italien
regnet es oft, und da sagt der Eingeborene, des
Teufels Weib habe Waschtag. „La moglie del diavolo fa il bucato.“ Da tauchte ein Retter in der
Noth auf. Der Padrone des „Giardino“ meldete mir,
am Sonntag finde in Salò eine Opernvorstellung
statt, ein Dampfer führe die Rivenser hinüber zu
diesem Feste und bringe sie noch bei Nacht zurück.
Er reichte mir dabei einen Theaterzettel, auf welchem
die „applauditissima opera“ Verdis: „Rigoletto“ an-
gekündigt war. Sofort sicherte ich mir eine Fahrkarte
und war Sonntag Mittags einer der Ersten an Bord.
Die Reisegesellschaft bestand aus etwa fünfzig Personen,

zur Hälfte österreichische Offiziere, die sonst in ihrem
Fort auf der Rocca ein gar monotones Leben ver=
bringen. Von den übrigen Passagieren fielen mir
etliche hübsche Mädchengesichter und eine russische
Familie auf: eine alte Dame, eine junge und ein
Mann von etwa vierzig Jahren. Die Drei sprachen
abwechselnd russisch, französisch und deutsch, das erstere
um so viel sicherer, daß es ihrer echt slavischen Phy=
siognomien nicht bedurft hätte, um sie als Russen
erkennen zu lassen. Die Offiziere plauderten davon,
daß nächstens Erzherzog Albrecht nach Arco nächst
Riva kommen, und dann hoffentlich Einige von ihnen
zum Diner einladen werde. Die übrigen Passagiere
unterhielten sich halblaut, die Russen waren mit
Lectüre beschäftigt, ich starrte hinaus in die Luft, auf
die Berge und ruhte davon aus, daß ich seit Wochen
nichts gethan, die hübschen Mädchen aus Riva guckten
verstohlen auf die stattlichen Jägeroffiziere, so hatte
Jeder und Jede irgend eine Beschäftigung. Auf Reisen
beobachte ich lieber, als daß ich Gespräche anknüpfe;
das ist indiscreter, aber lohnender. Mit Aug' und
Ohr verfolgte ich nun die russische Trias, und was
ich constatiren konnte, war: die Gesellschaft bestand
aus Mutter, Sohn und Tochter; der Sohn krank,
von den Aerzten nach dem Süden geschickt, weg von
Heimath, Weib und Kind, die Mutter als zärtliche

Begleiterin an seiner Seite, die Tochter voll Aufmerk=
samkeit für den Bruder, aber von einer trockenen,
geschäftsmäßigen Aufmerksamkeit, bestimmt, schier be=
fehlshaberisch, wenn sie ihm sagte: „Setze dich nieder,
du bist müde." Und er setzte sich nieder und wagte
nicht etwa die Einwendung, daß er n i ch t müde sei.
Die junge Dame las eifrig in einem Buche, hie und
da sich unterbrechend, um den Bruder zu mustern.
Sie kümmerte sich nicht viel um die Mutter. So
weit war ich in meinen Beobachtungen gekommen.
Doch nein, beinahe hätt' ich vergessen, zu sagen,
daß ich auch erfuhr, wie sie hieß: Nadjesda. Der
Genauigkeit wegen füge ich gleich bei, wie ihr voller
Name lautete: Nadjesda Gontschaloff . . . Ich be=
nützte eine Gelegenheit, um zu erspähen, welches Buch
sie beschäftige. „Marlitt oder Mühlbach," dachte ich.
Aber ich hatte geirrt. Das Buch hieß: „Vergleichende
anatomische Untersuchungen über das Gehörorgan
des Menschen und der Säugethiere" von J o s e p h
H y r t l. Nachdem ich das Buch erkannt, sah ich mir
die Leserin noch genauer als vorher an. Ein hoch=
gewachsenes Mädchen. Ganz in Schwarz gekleidet,
ein wenig nachlässig und doch nicht ohne Koketterie.
Das Haar nach Männerart geschnitten. Das Gesicht
sonnverbrannt, mit leiser Hinneigung zum viereckigen
Format, etwas vorspringende Backenknochen, tieflie=

gende kleine Augen, also ungraziös und unschön, aber intelligent, bestimmt, herrisch, in jedem Zuge der Ausruf: „Ich bin ein ganzer Mann!" Wie alt sie war, das konnte man ihrem Gesichte nicht ablesen: Achtzehn oder Vierzig. Achtzehn, wenn sie über einen harmlosen Spaß von ganzem Herzen lachte. Vierzig, wenn sie auf den schaukelnden Wogen des Gardasees die „Vergleichenden anatomischen Untersuchungen über das Gehörorgan des Menschen und der Säugethiere" las.

In Salò hatte ich Zeit, vor Beginn der Oper mich in den Straßen zu ergehen. Die Stadt heißt im Volksmunde: „La regina del lago di Garda." Man muß solche südländische Vergleiche nicht sehr ernst und nicht sehr schwer nehmen. Wenn ein elender Landwein „Goccia d'oro," ein Dörfchen ein „Paese" heißt, warum soll Salò nicht „die Königin des Garda= sees" genannt werden? Besagte Königin ist ein schmutziges Städtchen, in dem es nichts zu sehen gibt, als eine mittelmäßige Statue des hl. Carl Borromäus. Nachdem ich im Café del rinascimento rasch als forestiere erkannt worden und man mir in der Eigen= schaft als Fremder erlaubt hatte, für einige Notabi= litäten von Salò ebensoviel Becher Turiner Wermuths zu bezahlen, stürzte ich mich in die Oper, die ich gegen elf Uhr Nachts ohne erhebliche Schädigung meiner Ohren verließ; ich ging zu Schiffe, fand

meine ruffifche Familie wieder, und . . . ich weiß
nicht mehr, wie es kam, aber genug daran: ich befand
mich plötzlich in einem Gespräche mit ihr, und als
wir auf die Oper zu reden kamen, meinte ich, es
wäre doch intereffant, zu wiffen, wie nach Hyrtl's
Meinung die eben überftandene Aufführung des „Rigoletto" auf das Gehörorgan von Säugethieren wirken
würde. Nadjesba fah mich ftrafend an. Es fchien fie
zu ärgern, daß ich ihre Lectüre ausfpionirt hatte. Ich
fühlte den ftillen Vorwurf, wurde verlegen, aber wir
kamen über diefe Störung bald hinweg, und unterwegs wurden wir gute Freunde. Die Nacht war ftill,
würzig, lau, der Mond warf einen Silberregen auf
die gekräuselten Fluthen des Sees — man hätte
wünfchen mögen, es werde niemals Tag, auf daß
diefe Nacht nimmer ende. Die Familie Gontfchaloff
wohnte im „Sole," dem Gafthof zur „Sonne." Sie
war für den ganzen Winter nach Riva gekommen.
Der Sohn, von einem fchweren, inneren Leiden heim-
gefucht, um dem heimifchen Klima zu entgehen. Die
Mutter, um fich nicht von ihrem Sohne zu trennen.
Die Tochter . . . „Ich bin nämlich Arzt," fagte
Nadjesba mir, „habe in Bern ftudirt und dort
auch den Doctorhut erworben. Seit jeher war es
mein Traum, Medicin zu ftudiren, und die Krankheit
meines Bruders beftärkte mich in dem Vorfatze, diefes

Stubium zu treiben. Wer, dachte ich mir, kann Iwan
besser pflegen als seine Schwester, wenn diese zu
gleicher Zeit Arzt ist? Diesen Winter widme ich ganz
meinem Bruder. Im Frühling wird er, hoffe ich, so-
weit hergestellt sein, daß ich ihn fremden Aerzten an-
vertrauen kann. Dann gehe ich nach Paris, um bei
Charcot zu arbeiten." Das sagte sie ohne Prätention,
ohne Ziererei, wie etwas Selbstverständliches. Ich
begann, mich für Nadjesda zu interessiren. In Riva
angekommen, erbat ich mir die Erlaubniß, die Familie
im „Sole" besuchen zu dürfen, und von da an war
ich mehr im „Sole" zu finden als im „Giardino."
Was soll ich's leugnen? Wir Männer sind doch alle
eitel, so eitel fast wie die Frauen. Ich sagte mir,
es wäre wohl der Mühe werth, ein Mädchen wie
Nadjesda zu gewinnen. Daß man sie nicht erobern
könne wie eine Andere, war mir klar. Ich suchte,
geistig auf sie zu wirken. Ich behandelte sie wie einen
Mitstrebenden, wie einen Kameraden, und doch wie
eine Frau, der man huldigt. Eines Tages aber —
wir saßen beim Frühstück, und bemühten uns, in
Oel gebratene Cotelettes zu verzehren — sah sie mich
durchdringend an. „Sie leiden?" frug sie mich, und
ihr Blick heftete sich durchdringend auf mein Gesicht.
„Nehmen Sie solchen Antheil an mir?" —- „Gewiß.
Das kann Sie doch nicht in Verwunderung setzen."

— „Dann müssen Sie mir aber auch erlauben, Ihnen zu sagen, wie nahe Alles mich berührt, was Ihre Person betrifft." — „Fiebern Sie des Morgens? — „Ein wenig." — „Erlauben Sie einmal, daß ich Ihnen den Puls fühle." Sie ergriff mein rechtes Handgelenk und ich bemerkte, daß sie eine weiße, fein geformte Hand hatte. Bedenklich schüttelte sie den Kopf. „Ich muß Ihre Lungen untersuchen," fuhr Nadjesda fort. Ich wurde ein wenig verlegen. „Das kann Ihnen doch nicht unangenehm sein?" meinte sie. „Als Arzt bin ich Arzt und nicht Frau oder Mann." Nach Tische ging ich auf ihr Zimmer, sie gab sich der Untersuchung meiner Lungen länger als eine Viertelstunde hin, dann sagte sie: „Es ist nichts" und sie gab diesen Worten einen Ausdruck leise schmerzlicher Enttäuschung. „Was ist nichts?" frug ich. — „Ihre Lungen sind kerngesund. Nervöse Ueberreiztheit, nichts sonst!" Wir plauderten noch eine Weile, dann ging ich; Nadjesda machte mir den Eindruck eines Menschen, der sich in irgend einer Erwartung betrogen sieht. Von da an ward sie kühler gegen mich, schenkte mir weniger Aufmerksamkeit, bekundete mir ein offenkundiges Abnehmen ihres Interesses für mich. Mein Tischnachbar, ein Offizier, der bei Wörth verwundet worden war und sich von den Folgen noch nicht gänzlich erholt hatte, bemerkte das auch), und als wir wieder allein waren, ließen wir unseren Beobachtungen Worte. Wilhelm v. H. gestand mir offen, er habe eine tiefe Neigung zu Nadjesda gefaßt, und sie brauche nur zu wollen, um seine Frau zu werden. Sein Vermögen, seine gesellschaftliche Stellung könnten allen Ansprüchen eines Mädchens genügen. Nur eins bleibe zweifelhaft, ob er Nadjesda geistig befriedigen würde. Als wir nach diesem Aus= tausche von Vertraulichkeiten wieder mit Nadjesda beisammen waren, brachte ich das Gespräch auf Liebe, Brautschaft und Ehe! „Was müßte man thun, damit Sie sich ernstlich für Einen interessiren?" frug ich Fräulein Doctor. „Irgend eine ungewöhnliche Krank= heit haben, an der ich mein Talent als Arzt erproben könnte." — „Ich bin also abgethan?" Nadjesda erröthete, gab aber zur Antwort: „Sie übertreiben. Allein, warum soll ich lügen? An und für sich inter= essiren Männer mich nicht mehr als Frauen. Nur der kranke Mensch, gleichviel ob Mann oder Weib, nimmt meine ganze Theilnahme in Anspruch." — „So ist der Gesunde für Sie gar nicht vorhanden?" —„Doch, um mit ihm zu plaudern, oder, wenn er Arzt ist, um von ihm zu lernen." Wilhelm hörte aufmerksam zu, ohne sich in das Gespräch zu mengen. Auch die übrige Tischgesellschaft lauschte schweigend. Die Damen mieden Nadjesda, denn sie erklärten dieses weibliche

Doctorthum für eine bloße Extravaganz, und so oft
sie einen Tag zu Ende gefaulenzt hatten, einigten sie
sich dahin, eine Frau könne sich nützlich machen, auch
ohne mit dem Doctortitel zu kokettiren. Die Männer
getrauten sich nicht, Nadjesda nahe zu kommen. Ihnen
erschien Fräulein Doctor wie ein seltsames Geschöpf
aus anderen Welten, wie ein merkwürdiges Räthsel.
Am schweigsamsten aber in Nadjesda's Gegenwart
war Signor Buroni, ein italienischer Tenorist, der,
um etliche Wochen auszuruhen, bei seinen Verwandten
in Riva verweilte und im „Sole" die irdische Nahrung
zu sich zu nehmen pflegte. Ein schöner Mann mit
schwarzen Locken, zierlichem Schnurrbärtchen, elegant
gekleidet, dumm wie ein Fisch. Er sprach wenig, das
Wenige aber war voll Anmaßung und lächerlich. Er
trug immer Lackstiefeletten, eine große Busennadel,
die er von Victor Emanuel zum Geschenk erhalten
hatte, und einen weithin funkelnden Brillantring,
über dessen Provenienz er durchaus nichts Näheres
sagen wollte, „denn," meinte er, „gegen Damen muß
man discret sein." Einmal sang er uns im „Sole"
einige Lieder mit schöner Stimme, aber ohne Empfindung, doch verdrehte er bei Stellen wie „Tu sei 'l
mio amor" die Augen, um über seinen Mangel an
Gefühl zu täuschen. Buroni und Nadjesda verkehrten
nur sehr oberflächlich miteinander. Wilhelm dagegen

machte alle Anstrengungen, um sich Nadjesda zu nähern.
Er erdichtete endlich, da er kein anderes Mittel mehr
wußte, eine originelle Krankheit, um Nadjesda an sich
zu fesseln. Mit dem ganzen Scharfsinn eines Ver-
liebten combinirte er ein Krankheitsmärchen der ver-
wickeltsten Art. Nadjesda nahm ihn in Behandlung.
Er unterwarf sich der peinlichsten Cur, trank unaus-
stehliche Mixturen die schwere Menge, und das Alles
nur, um für Fräulein Doctor ein irgendwie bemer-
kenswerther Mensch zu werden. Behauptete er, sich
wohler zu fühlen, war Nadjesda hocherfreut; ging es
ihm angeblich schlechter, war sie betrübt. Das dauerte
so einige Wochen. Ich sah ein, Wilhelm könne auf
diese Art zu keinem Resultate gelangen, und nachdem
ich mir die Erlaubniß des liebeglühenden Kriegers
hiezu erbeten hatte, entdeckte ich Nadjesda die ganze
Komödie und hielt feierlich um ihre Hand für Wilhelm
v. H. an. Sie war vor Wuth außer sich. Sie fand
es empörend, daß man derart mit ihrem wissen-
schaftlichen Ernste gespielt. Davon, daß sie Wilhelm's
Hand annehme, könne selbstverständlich gar keine
Rede sein. Sie werde überhaupt nicht heirathen. Für
sie gebe es nur zweierlei Menschen: Aerzte und Kranke.
Die Gesunden seien für sie nicht vorhanden. Für
Empfindsamkeit habe sie keine Zeit. Sie sei kein
Mädchen, dem man nachstelle wie einem Gänschen

5*

von Buchenau, damit basta! Diese harte Antwort
mußte ich Wilhelm bringen. Ohne Abschied zu nehmen,
reiste dieser am nächsten Morgen ab. Ich blieb noch
einige Tage, dann ging ich nach Wien. Ehe ich den
Stellwagen bestieg, der mich nach Mori, der nächsten
Eisenbahnstation, bringen sollte, nahm ich nochmals
herzlichen Abschied von der Familie Gontschaloff. Ich
versprach Nadjesda, sie im nächsten Winter in Paris
aufzusuchen. „Ich führe Sie dann," rief sie mir nach,
„auf die Klinik von Sée, dort ist das herrlichste
Material der Welt beisammen." Ich hatte für den
projectirten Pariser Aufenthalt manch Anderes vor,
das mir interessanter erschien, als die Kranken des
Professors Germain Sée, aber ich hütete mich, das zu
äußern. Indessen kam die Reise nach Paris nicht zustande. Im nächsten Winter schickte mein Arzt mich
wieder nach Riva. Ich kehrte im „Sole" ein. Dort
empfing die Cameriera mich mit der Meldung, ich
würde alte Bekannte antreffen. „Wen?" — „Signor
und Signora Buroni." — „Die Signora kenne ich
nicht." — „O doch, sie hieß früher Nadjesda Gont-
tschaloff." — Ich starrte Giuseppa sprachlos an.
„Fräulein Gontschaloff hat den Tenoristen geheirathet?"
— „Jawohl, Signor." — „Warum hat sie denn
das gethan?" — „Liebe, Signor, nichts als Liebe.
Signor Buroni hat sich vom Theater zurückgezogen.

Er braucht jetzt nicht mehr zu singen, kann leben, ohne sich zu plagen. Seine Frau, die sich seinetwegen mit ihrer ganzen Familie verfeindet hat — die Familie wollte nämlich diese Heirath nicht zugeben — besitzt eine große Rente, Signora Buroni practicirt nicht als Arzt, nur um die Gesundheit ihres Mannes be= kümmert sie sich, in den sie bis über beide Ohren verliebt ist. Ja, wissen Sie, Signor . . .“ Wer weiß, wie lange Giuseppa noch so fort geschwätzt hätte! Aber ich ließ meinen Koffer wieder hinabtragen, be= zahlte rasch das Zimmer für einen Tag und fuhr spornstreichs nach Mori zurück, um über Botzen nach Meran zu gehen und hier den Winter zu verbringen. Riva war mir verleidet, denn dort hätte ich Fräulein Doctor als Signora Buroni sehen müssen. Als ich durch Mori fuhr, spielte ein Leierkasten die alte Melodie, die ich unwillkürlich mitsummte:

> „La donna é mobile
> Qual pium 'al vento . . .“

Ein Vergessener.

ersengend brennt die Julisonne in mein Zimmer hinein. Jedes Stäubchen in der Luft zittert vor Hitze . . .

Kein störender Laut regt sich, nur die Fliege an der Mauer summt, aber auch sie ist müde; sie summt ehrenhalber, weil das eben ihr Beruf ist. Meine Angorakatze — sie heißt „Lilith" — liegt an der sonnigsten Stelle, ein Strahlenbündel fällt schräg auf ihr weißes, silbern schimmerndes Fell, leise schnurrt sie und hält die Augen geschlossen. Warum bin ich nicht eine Katze, die nirgends sich wohler fühlt, als im Bannkreise des leuchtenden Helios? Warum nicht ein Lachs, der in diesen Tagen des Verschmachtens geruhig in den Fluthen des Rheins zwischen rebenumstandenen Ufern dahinschwimmt? . . . Ein Größerer vor mir, Robert Hamerling, hat Aehnliches gefragt:

„. . . warum ist der Mensch, der hohe Mensch,
Nicht auch geflügelt wie der ärmste Sperling?"

Ja, wenn ich geflügelt wäre! Ich flög' in den Wald, wo er am dichtesten ist, setzte mich an den Rand der rauschenden Quelle und ließe erst spät durch Hunger und Kälte mich wieder zurücktreiben in die bewohnte Stadt. So aber — ein Mensch, und darum bedauernswerth! — brüte ich vor meinem Schreibtische, Sirene „Tinte" entläßt mich nicht aus ihren Umarmungen, und obwohl in ihren Liebesgärten nicht Hesperiden-, sondern Galläpfel wachsen, hält sie mich gefangen im Bereiche der Bücherei und des gewohnten Arbeitsplatzes. Sirene, wer deinen Zauber nicht verkostet, der kann ihn nicht begreifen! Wir, die dir angehören, sind deine Sklaven. Was gilt uns die bauchige, mit dem Silberkragen bekleidete Champagner-Bouteille, in der es goldig braust und aufsteigt, gegen das Fläschchen mit der Ueberschrift: „Echte Alizarintinte!" Martin Luther hatte Recht, als er auf der Wartburg dem Teufel das Schreibfaß an den Schädel warf. Macht gegen Macht! Tinte gegen Teufel . . .! Jene ist stärker, als diese, denn in dem „besonderen Safte" wohnt alles Gegensätzlichste beisammen: Himmel und Hölle, Laster und Tugend, das Gute und das Schlechte, das Untermenschliche und das Uebermenschliche . . . . Ich Aermster fühle mich als dein Knecht, schwarz-grünliche Sirene, denn wärest du nicht, so säß' ich nicht hier innerhalb der mit Hitze durchtränkten vier Wände! Mit dem

Bleistifte wollt' ich mich abfinden; der müßte mit mir hinauf bis auf den First des Großglockners — du aber umklammerst mich und zwängst mich nieder in den breiten Lehnstuhl, der höhnische Grimassen schneidet, als wollte er sagen: „Ätsch! Ätsch! Du mußt zu Hause bleiben und möchtest in den Bergen sein."

Versengend brennt die Julisonne in mein Zimmer hinein. Jedes Stäubchen in der Luft zittert vor Hitze ....

Jetzt schläft auch die Katze. Sie läßt sich's gut sein; hungrig ist sie gewiß nicht, denn wenn sie essen will, schweigt sie nicht still, sondern schreit: „Miau! Frau! Miau! Frau!" mit ihrer feinen Stimme so lange, bis der Haussegen kommt und ihr etwas Gutes bringt. Die Fliege hat aufgehört, zu summen, mir ist, als könnte ich mein eigenes Herz schlagen hören. Da dringt ein Seufzer an mein Ohr, ein Seufzer, tief und schwer, wie er nur der Brust eines Unglücklichen sich entringen kann. „Wahrscheinlich eine Sinnestäuschung," denke ich. Aber der Seufzer wiederholt sich, und da es einen Schriftsteller immer interessirt, wenn etwas in seiner Nähe eine zweite Auflage erlebt, wende ich mich um und suche nach dem Ursprunge des melancholischen Geräusches. Ein Seufzer entsteht nicht aus sich heraus. Es muß Jemand ihn geseufzt haben. Aber wer? Ich nicht. Ebensowenig der Schreibtisch und der Lehnstuhl. Auch das Sofa nicht, denn von dort, wo es sich befindet, ist der Seufzer nicht gekommen. Vielleicht aus der Bibliothek! Sie stehen Alle am gewohnten Platze, die Großen und die Kleinen, Goethe olympisch-heiter, Schiller dithyrambisch-schwungvoll, Beaumarchais burschikos-verwegen, Voltaire schneidig-boshaft; die Hitze hat Keinen aus der Contenance gebracht, Schopenhauer verneint nach wie vor den Willen zum Leben, Leopardi huldigt entzückt der Verzweiflung, Anakreon liebt und trinkt, dem Sommer zum Trotze, Meyer's Conversations-Lexikon weiß Alles, kennt Alles, sagt Alles... Nichts hat sich verändert.

„Entschuldigen Sie, meine Herren und Damen," frage ich höflich, „hat Jemand von Ihnen geseufzt?" Heinrich Heine, der neben einem Roman von Fanny Lewald geschlafen hat, wacht auf, gibt mir eine saftig ungezogene Antwort, kehrt mir darauf wieder seinen Lederrücken zu und schläft von neuem ein. Die „Corinna" der Madame Staël aber meint: „Sie sollten nicht so indiscret sein, Damen zu stören, wenn sie im Negligé sind," und ich bemerke erst jetzt, daß sie wegen der großen Hitze den Einband abgelegt hat. Nun erhebt Goethe's „Götz von Berlichingen" seine kräftige Stimme und schreit mich an . . . . ich will lieber gar nicht zuhören, denn dieser Polterer nimmt sich selbst im Burgtheater nur ungern ein Blatt vor den

Mund. Ich frage meine Bücher überhaupt nicht weiter, denn sonst setzen sie mich vor die Thür, und ich mag mich nicht einmal von Classikern hinauswerfen lassen.

Da zieht abermals ein Seufzer aus der Stube. Er kommt aus dem Zimmer nebenan — die Thür steht offen — aus der Ecke, wo der Ofen postirt ist. Soll ich meinem Ohre trauen? Seit Jahren kenne ich diesen Ofen, aber niemals noch habe ich ihn seufzen gehört. Es ist ein schöner Ofen, voll Ausdruck und Charakter. Aus grünen, glasirten Kacheln besteht er, verziert mit allerlei Figuren und Schnörkeln; er tritt behäbig auf, nicht so windig und nichtssagend wie die alltäglichen weißen Oefen; er gehabt sich als Patricier, und vom Gesimse kann man es ihm ablesen, daß er zu den ältesten Ofen-Familien gehört. Er nimmt nicht wenig Raum für sich in Anspruch, aber dafür verbreitet er um sich eine Atmosphäre bürgerlicher Behaglichkeit, familiärer Wohligkeit. Da er kräftig genug ist, habe ich ihm etwas zu tragen gegeben: eine Bronzefigur, ein kniendes Mädchen, das mit der Rechten eine Kanne ausgießt, wahrscheinlich, um sich zu waschen. Genau kann man das nicht wissen. Diese Bronzefigur ist mein Stolz. Zwar gibt es großartigere Werke — ich selbst habe in Italien schönere gesehen — aber das sieht zusammen so stattlich aus: der grüne Kachelofen und darauf das Bronzemädchen mit der Kanne.

Also, wie gesagt, aus der Ecke kommt der neue Seufzer. „Jetzt möchte ich aber doch wissen," rufe ich ungeduldig, „wer das ist!" — „Ereifern Sie sich nicht, ich habe geseufzt," antwortet mir klar und vernehmlich der Ofen. Ich hatte früher nicht gewußt, daß Oefen auch sprechen können; seither ist meine Achtung vor den Menschen sehr gesunken; denn was bedeuten diese in der Welt, wenn ihnen nicht einmal das Privilegium der Sprache gewahrt bleibt!"

„Ich habe geseufzt," fährt der Kachelofen fort, „weil ich unglücklich bin. Wenn ich eine Portion Eis hätte — ich kann nämlich Kälte nicht vertragen — würde ich mich umbringen."

„Lieben Sie vielleicht ohne Gegenliebe? Freilich" — eine Idee durchzuckte mich — „ich hab's. Das Bronzemädchen mit der Kanne hat es Ihnen angethan. Nun ja, das lange Zusammenleben, Gewohnheit, genaue Kenntniß Beider Tugenden . . . . ."

„Ach, was Ihnen nicht einfällt! Ich bin nicht mehr in dem Alter, in welchem man liebt, und wenn ich noch einer Thorheit fähig wäre, so wüßte ich mir ein besseres Ideal als diese metallene Jungfrau mit dem ewigen Reinigungsproject."

Das Bronzemädchen wirft ihm einen grimmigen Blick zu; er aber läßt sich dadurch nicht irre machen, sondern fährt ruhig fort: „Ich habe nur allzuviel

Grund zum Seufzen. Vorüber sind für mich die Tage des Glanzes, mein Reich ist zu Ende. Vor Allem fühle ich mich alt und schwach."

„Fehlt Ihnen etwas? Ich lasse einen Hafner holen, damit er Sie behandle; wenn Sie wollen, einen berühmten Specialisten für grüne Kachelöfen mit Figuren und Schnörkeln."

„Sie sind sehr gütig, aber es wäre schade um das Geld. Mir kann der Arzt nicht mehr helfen. Lassen Sie mich ruhig sterben und sorgen Sie seinerzeit gütigst dafür, daß ich anständig begraben werde."

„Schmerzt Sie etwas? Haben Sie sich vielleicht aus dem Kamin einen Rheumatismus zugezogen?"

„Nichts von alledem. Aber mich friert jämmerlich."

„O, Sie Glücklicher! Könnte ich das sagen!"

„Wir Oefen sind eben anders gebaut, als ihr Menschen. Ich fühle mich nur dann wohl, wenn es in meinen Eingeweiden prasselt und knistert und glüht, wenn die Flammen mir zu Kopfe steigen und meine Kacheln tüchtig warm werden. Wie lange ist es schon her, daß ich solch' angenehme Empfindung nicht gehabt! Ich weiß gar nicht mehr, wie einem Geheizten zu Muthe ist."

„Na, wenn Ihnen das Ihre Lebensfreude wiedergeben kann, so will ich Sie heizen lassen. Nur erlauben Sie, daß ich mich entferne."

Wieder ein tiefer Seufzer. Dann fährt mein Ofen fort: „Das würde mir nicht nützen; wir Kachelöfen sind gefühlvoll, und das physische Moment spielt deßhalb bei uns nicht die erste Rolle. Allerdings muß ich, um wohl zu sein, mit Holz und Kohle gefüttert werden; aber das allein macht es nicht. Sie vergessen, daß unsereins seine sittliche Mission hat. Sie vergessen, daß auch ein Ofen ehrgeizig sein kann. Bedenken Sie doch, welche Rolle spiele ich im Winter und welche im Sommer. Jetzt . . . das Wort schneidet mir tief in die innersten Kacheln . . . . jetzt bin ich — ein Ver= gessener. Darüber kränke ich mich zu Tode. Wenn Sie mich derzeit abtragen und in einen Winkel werfen lassen, so wird kein Mensch mich vermissen, Einer oder der Andere aber mir den Nachruf widmen: „Gott sei Dank, daß der lästige Geselle entfernt ist, er hat nur unnütz Raum eingenommen!" Begreifen Sie, was es heißt, nach einer glänzenden Vergangenheit eine mesquine Gegenwart durchleben? Wenn ich mich an die Zeit erinnere, da ich täglich fünfzehn Stunden geheizt wurde und mich nun betrachte: kalt, abgethan, überflüssig, so kann ich mich in eine ehemals gefeierte Primadonna hineindenken, die ihre Stimme verloren hat. Wozu lebe ich, wozu bin ich auf der Welt? Das Bronzemädchen könnte anderswo stehen, als auf mir."

„Lieber Ofen, Sie sind ein Schwarzseher."

„Ich sehe ganz klar. Warum soll ich mich über meine Lage täuschen? Ein Stück böhmische Steinkohle und ein Buchenscheit aus dem Wienerwalde haben mir einmal Genaues darüber erzählt, wie ihr im Sommer gern im Freien lebt, Höhen ersteigt und im Schatten der Bäume zu ruhen liebt. Was ist euch da Hekuba? Was da ein armer Ofen? Auf den Bergen und in den Wäldern winken euch andere Reize, und ihr erinnert euch gar nicht daran, wie ihr ehemals den Ofen mit den Händen gestreichelt, ihn zu eurem Liebling, zu eurem Vertrauten erkoren habt. Undank, dein Name ist: Mensch. Gestern dein Liebling, heute ein Vergessener!"

Versengend brennt die Julisonne in mein Zimmer hinein. Jedes Stäubchen in der Luft zittert vor Hitze...

Mein Ofen seufzt und spricht weiter: „Wie stolz habe ich mich noch vor acht Monaten gefühlt! Wie war ich meines Werthes mir bewußt! Alles drängte sich zu mir, Alles wollte in meiner Nähe sein; man verhätschelte mich, man bekümmerte sich unaufhörlich um mich; Alt und Jung hatte fortwährend die Frage auf den Lippen, ob ich genügend mit Nahrung versehen sei, kurzum, ich kann es getrost sagen: ich war die Hauptperson im Hause. Niemand übertraf mich an Wichtigkeit. Schrieb Einer einen Brief, so saß er erst nach mir, schürte ein bischen in meinem Innern und steckte mir, ehe er die Feder in die Hand nahm, rasch noch ein paar gute Bissen Holz in den Mund. Ging es zu einer Mahlzeit, so erhielt die Magd vorher den Auftrag: „Sorgen Sie dafür, daß der Ofen recht warm sei." Sollte ein Buch vorgelesen werden, so versicherte man sich meiner Stimmung. Wie reizend war einmal ein Abend, als Einer den „Spaziergang" von Schiller declamirte und mir dabei so recht, recht warm um's Herze war, und die Leute im Zimmer sich darob freuten, daß die Sonne Homer's auch i h n e n lächle . . . Nun ist das Alles vorüber, vorbei, ein zerronnener Traum."

„Sie haben doch schon viele Sommer durchgemacht und wissen darum, daß I h r e Zeit, der Winter, immer wieder kommt."

„Diesmal habe ich den Glauben an solche Wiederkehr verloren, denn ich fühle mich zu Tode krank, und mir ist, als solle dieser Sommer ewig, ewig dauern."

„Beruhigen Sie sich, er wird vergehen . . . . Das ist ja das Aufrichtende oder das Niederschmet=ternde — wie Sie wollen! — daß die Natur gleich=mäßig fort ihren Gang geht, alle Wünsche von Menschen und Kachelöfen nicht beachtend. Sie und mich, uns Beide, zermalmt sie. Heute steigen wir noch auf Berge, morgen verwehrt es uns der Frost, der Schnee, das

Eis . . . Heute trauern Sie, weil Sie sich ein über-
flüssiges Stück Hausrath denken, morgen sind Sie das
Centrum des häuslichen Lebens, heute ein Vergessener,
morgen ein Idol."

„Glauben Sie, daß wirklich wieder ein Winter
für mich kommt?"

„Schneller, als mir lieb ist."

„Und diese schreckliche Sommerszeit wird enden?"

„Rasch, wie die Rose verblüht."

Der Ofen wird warm vor freudiger Hoffnung.
Mich fröstelt es . . . Aber das dauert bei uns Beiden
nicht an. Der Augenblick, der immer Recht behält, erlangt die Oberhand. Mein Kachelofen friert wieder
und steht wieder als ein Vergessener da. „Brr!" macht
er und stößt einen Seufzer aus.

Versengend brennt die Julisonne in mein Zimmer
hinein. Jedes Stäubchen in der Luft zittert vor Hitze...

Er will sich umbringen.

Neulich habe ich ihn wieder gesehen, den kugel-
runden, rothbackigen, etwas mühsam athmenden
Hieronymus Brösel. Und wieder fühlte ich mich
wohlig angeheimelt bei seinem Anblicke; mir war, als
müßte ich angesichts dieses Menschen selber dick werden.
Es gibt Leute, deren bloße Erscheinung auf Einen
wirkt, wie eine Melodie: traurig oder lustig, wie ein
Todtenmarsch oder wie ein Walzer. Gewisse hagere,
blasse Menschen mit schlotterndem Gange erinnern uns
an die Flüchtigkeit alles Irdischen. So oft wir sie
verlassen, ist uns, als müßten wir ihnen aus Höflichkeit
sagen: „Ich wünsche Ihnen ein recht angenehmes Grab,"
oder „Sterben Sie wohl." Dagegen die Anderen, die
Feisten, die Schmunzelnden, die „wohlbeleibte" Gattung,
die Shakespeare's Cäsar — der Schlaue — um sich
zu haben wünscht! Nicht, als ob Cäsar immer damit
Recht hätte, daß die hageren Menschen „viel denken."
Nein, es gibt Hagerkeits-Virtuosen, wandelnde Skelette,

die sich mit Denken niemals abgeben. Aber die Wohl-
beleibten verbreiten um sich eine Atmosphäre der Behaglichkeit, ein Wohlgefallen am irdischen Genuße, eine
naive Freude an des Lebens Gaben. Wenn ich Hieronymus Brösel sehe, so denke ich an gute, nahrhafte
Speisen, an junge Enten und frische Forellen, an echte
Schildkrötsuppe und rosig zarten Hummer, an Pilsener
Bier, so blond und liebenswürdig, wie eine germanische
Jungfrau. Seine Gestalt bedeutet für mich eine ganze
Symphonie von Speisen und Getränken. Als ich einmal
in seiner Gesellschaft ein bekanntes Praterwirthshaus
besuchte, grüßten ihn die Stammgäste mit unverkenn-
barer Ehrfurcht, ja einige der jüngeren erhoben sich
vor ihm respectvoll von ihren Sitzen . . . sie wußten
wohl: warum? Dann hantirte er mit dem Glase,
und eine heilige Scheu ergriff mich. Nie zuvor sah ich
ähnlich große Quantitäten einer Flüssigkeit hinter die
Cravate e i n e s Sterblichen verschwinden, und ich werde
es nimmer und nimmer sehen, wenn mich das Schicksal
nicht wieder mit Brösel zusammenführt. Auf solche
Begegnung darf ich vorderhand nicht rechnen, denn
Brösel ist mir gram. Er zürnt mir, weil ich ihn in
seinen heiligsten Gefühlen verletzt, weil ich Zweifel
ausgedrückt habe — Zweifel an seinem Schmerz, an
seinem Lebensüberdruße. Heute sehe ich nachträglich
ein, wie unrecht ich damals gehandelt. Aber es ist zu

spät; Brösel's Gunst ist mir verscherzt, und keine
Ewigkeit bringt sie zurück. Brösel ist einer der un=
glücklichsten Menschen der Welt. Ein geheimer Kummer
nagt an seinem Herzen, das Leben ist ihm zur Last,
er stellt nicht selten, wie Hamlet, sich die Frage: „Sein
oder Nichtsein?" Unbedachterweise wollte ich an seine
düstere Stimmung nicht glauben. Als wir eines Abends
bei einem herrlichen Tropfen beisammensaßen, seufzte
er schwer und tief. „Was haben Sie?" frug ich ihn. —
— „Ach, mit mir geht es zu Ende." — „Sind Sie
krank?" — „Gesund wie ein Fisch im Wasser. Aber
ich mag nicht länger leben. Ich habe dieses schmale
Dasein satt, meine Freunde müssen darauf gefaßt sein,
daß ich eines Tages diese Last von mir schüttle." —
„Sie machen aber gar nicht den Eindruck eines Selbst=
mord-Candidaten." — „Das ist es ja, was mich am
meisten kränkt. Ich sehe immer blühender aus und
werde immer dicker, aber innerlich, innerlich magere
ich ab, Sie wären entsetzt, wenn Sie mich innerlich
sehen könnten. Dabei muß ich noch Complimente über
mein brillantes Aussehen anhören, mich beneiden lassen,
und wenn ich meines Lebensüberdrußes erwähne, lachen
die Leute." Darauf konnte ich auch nicht anders als
lachen; denn eher vermöchte ich mir einen Mops mit
einer Tenorstimme, als den Lebensüberdruß Brösel's
vorzustellen. Mein Gelächter verletzte ihn tief. Er erhob

sich schweigend und würdevoll, trank sein Glas bis auf den letzten Tropfen aus und sagte nichts als: „Ich gehe in ein anderes Wirthshaus." Sprach's, grüßte nicht, stellte mich auch gar nicht zur Rede wegen unziemlichen Benehmens und entfernte sich würdevoll und langsam .... Niemand will an seinen Schmerz glauben und darum drückt dieser ihn doppelt. Es ergeht ihm, wie es einem meiner Bekannten — er ist vor Kurzem gestorben — erging. Der hatte durch glückliche Speculationen ein ziemlich bedeutendes Vermögen erworben, lebte mit aller Eleganz und Bequemlichkeit, war in allen Kleinigkeiten der Existenz ein vollkommener Sybarit geworden, führte eine tabellose Küche, trank die besten Weine, hatte eine tiefwurzelnde Liebe für Tafelfreuden, schwärmte für die theuersten und feinsten Cigarren, trug die elegantesten Kleider, kaufte kostbare Gemälde, kurz, er versagte sich nichts, was man mittelst Reichthumes sich verschaffen kann. Bei dem Dampfe seiner exquisiten Havanna-Cigarren pflegte er mir schwermüthig zu sagen: „Was taugt das Alles! Geld macht nicht glücklich. Ich versichere Ihnen, ich gäbe mein Geld ohne Bedenken hin, wenn ich arm, aber als Poet, als Künstler leben könnte. Der Reichthum ist eine unangenehme Sache. Die Welt betrachtet Einen immer nur als Geldmenschen, sie möchte Leuten, wie mir, jede bessere Regung ver=

bieten. Wie glücklich seid ihr Unbemittelten! Ihr dürft
dem Zuge eures Herzens folgen, bei euch weilen die
Musen, indessen wir nur mit den unerquicklichsten
Seiten des Lebens zu thun haben. O, über den
Schacher und die Gewinnsucht!" Diese Entrüstung
hinderte ihn nicht, an der Börse sehr geschickt zu ope-
riren, und er wich immer mit allerlei Kniffen aus,
wenn ich ihm sagte, das Glück der Mittellosigkeit könne
er sich sehr leicht verschaffen, er brauche nur sein Geld
zu verschenken, und dann anstatt in seinen Salons
über die Chancen der Creditactien nachzudenken, in
einer schlecht möblirten Dachstube Sonette zu machen
und sich auch in schwierigeren Versgattungen zu versuchen. Besonders angelegentlich empfahl ich ihm die
Sapphische Strophe; er aber blieb bei „Credit," und
bei seinem Tode hinterließ er keine ungedruckten Manu-
scripte, dafür jedoch eine halbe Million Gulden. Seinen
Erben war das lieber.

Wie dieser Schwärmer sich in der Theorie für
Armuth, verbunden mit tadellosen Versfüßen, be-
geisterte, in der Praxis aber den ihm so unerträglichen
Reichthum mit Austern und Chablis vorzog, so ist
Hieronymus Brösel einer der enragirtesten Anhänger
des Selbstmordes im Princip, wird aber in Wirklichkeit, wie ich vermuthe, eines Tages an den Folgen
einer Indigestion sterben. Trotzdem war es meinem

verstorbenen halben Millionär heiliger Ernst mit der
Verehrung für dichtende Armuth, und Brösel ist es
nicht minder Ernst, wenn er erklärt, jeder Mensch
von einigem Talent zum Nachdenken müsse früher oder
später sich selbst das Leben nehmen. Ich bereue es
tief, seinerzeit über Brösel gelacht zu haben. Vielleicht
versöhnt ihn dieses öffentliche Bekenntniß . . . Un-
zweifelhaft ist er einer der unglücklichsten Menschen,
die jemals gelebt haben. Daß man dieses Unglück
seiner Gestalt nicht ansieht, ist eine Bosheit des Zu-
falls. Er möchte am liebsten dürr und bleich sein zum
Erschrecken, denn man würde dann aufhören, sich über
seine Zerrüttung lustig zu machen, man würde ernst
bleiben, so oft er sein Schlagwort vorbringt: „Ich
mache nächstens dem ganzen Jammer ein Ende. Eine
Kugel vor den Kopf, und Alles ist vorüber."

Brösel zählt derzeit etwa sechszig Jahre, und er
hat alle Aussicht, achtzig zu erreichen, wenn ihm kein
Dachziegel auf den Kopf fällt oder er nicht doch einmal
zu viel Gansleber ißt. Seit etwa fünfzig Jahren drückt
er die Absicht aus, einen Selbstmord zu begehen, aber
— wie man sieht — er läßt sich mit der Ausführung
Zeit. Brösel ist ein geborner Selbstmörder. Schon mit
zehn Jahren, als er es zu mühsam fand, das Passivum
zu conjugiren: „Amor, amaris, amatur" u. s. w.,
schlich er sich eines Tages aus der elterlichen Wohnung

fort und blieb einige Stunden unsichtbar; man ging auf die Suche nach ihm aus, endlich fand der Vater ihn an den Ufern der Donau, verzweifelt auf die Wellen blickend. „Er will sich umbringen," mur= melte der Vater entsetzt, stürzte sich auf Brösel jun., führte ihn nach Hause und versicherte Hieronymus, er brauche keine lateinischen Zeitwörter mehr zu con= jugiren, aber sein Leben solle er schonen, sein theures Leben. Hieronymus nahm das Anerbieten des Vaters dankend an, lernte seither nichts mehr, ist aber von dem projectirten Selbstmorde noch immer nicht ab= gekommen. Mit der Aeußerung des Vaters: „Er will sich umbringen" war das Schlagwort gegeben für alle Zeit. Es liegt seither in der Luft, man spricht von Brösel nur mit Beifügung dieses Satzes.

Bei jeder Gelegenheit fürchtet man, Hieronymus werde endlich doch Ernst machen, und seine Umgebung sucht ihn mit allen Mitteln zur Schonung seines kost= baren Lebens zu bewegen. Hieronymus hat sich mit Literatur im Allgemeinen wenig abgegeben. Dagegen besitzt er eine Sammlung von Büchern, die über den Selbstmord handeln; er hat sie alle gelesen; und da er aus der Mehrzahl die Ueberzeugung geschöpft, der Selbstmord sei berechtigt, ist es umsomehr zu bewundern und anzuerkennen, daß er bisher keinen ausgeübt. In seinem Hause pflegt er nach dem Mittagessen — er ißt ziemlich viel und braucht darum nach Tisch ein Stündchen Ruhe — sich auf eine Causeuse zu legen, eine Pfeife anzuzünden und in einem gediegenen Werke über den Selbstmord zu lesen. Seine Frau und seine Töchter gehen auf den Fußspitzen durch das Zimmer. Sie wollen ihn nicht stören. Aber ängstlich, fragend blicken sie auf den großen Lebensverächter, um zu erspähen, welche Wirkung die Lectüre auf ihn hervorbringe. Es könnte doch sein, daß die Fachliteratur ihn einmal auf die Idee brächte, sich praktisch aus dieser Welt hinauszubefördern. Aber die Guten sind grundlos besorgt. Brösel schläft nach einer Viertelstunde Lectüre ein, das geöffnete Buch fällt zu Boden, und Hieronymus wird erst zum Nachmittagskaffee geweckt, den er dann mit allem Eßbaren, was drum und dran hängt, erneuten Appetits genießt. Seine Familie lebt in steter Angst, denn sie weiß nicht, was der kommende Tag bringt. Gibt es im Hause einen Zank, so nimmt Brösel Hut und Ueberrock, steckt ostensibel einige Visitkarten zu sich, legt Uhr und Kette ab, wirft auf alle Anwesenden einen thränenumflorten Blick und schreitet langsam, nachdenklich zur Thür. Darauf flüstert irgend ein Familienmitglied entsetzt: „Er will sich umbringen;" Alles umringt ihn, schmeichelt ihn, hält ihn zurück, beschwichtigt ihn, und schließlich gibt er dem allgemeinen Verlangen nach, sagt allerdings halblaut vor sich hin:

„Man hätte mich nicht hindern sollen," setzt sich aber in seinen Schaukelstuhl und läßt sich eine kleine Erfrischung reichen, am liebsten etwas kaltes Geflügel. Das verdaut sich leicht.

Brösel erklärt alle Menschen, welche am Leben halten und nicht den Muth haben, des Daseins Last von sich zu werfen, für feige Schwächlinge. Er bereitet eine Schrift vor: „Der Selbstmörder in der Westentasche," die er gratis vertheilen lassen wird, um Propaganda zu machen. Vorderhand ist er über die erste Seite nicht hinausgekommen. Er arbeitet langsam und empfindet zu sehr die Wichtigkeit des Stoffes, um ihn übereilt abzuthun. Indessen, so lange seine Schrift nicht erschienen ist, sucht er mündlich zu wirken. Seinen Freunden und Bekannten empfiehlt er mit aller Beredtsamkeit die verschiedenen Gattungen von Selbstmord, je nach Stand und Alter der betreffenden Personen. Mit besonderer Wärme tritt er für das Chankali ein, dessen rasche und sichere Wirkung er nicht genug rühmen kann. Gründe zum Selbstmorde findet er bei Jedermann. Er nimmt sich der Bedrängten mit inniger Theilnahme an. „Wenn mir," sagt er einem Witwer, „meine Frau stürbe, ich würde mich sofort aufhenken. An Ihrer Stelle wäre ich schon längst todt." Für einen vom Unglück verfolgten Kaufmann hat er die warm empfundenen Worte: „Sie sollten sich vergiften, lieber

Freund. Im Vergleiche mit Ihnen habe ich mich eigentlich über gar nichts zu beklagen, und doch werde ich mich nächstens umbringen." Er imponirt den Leuten mit den Beispielen hervorragender Selbstmörder. Bei der Bibel beginnt er mit Samson, Eleazar, Abimelech, Hirkan, Saul, geht dann über zu Sokrates, Hegesipp, Antipater, Kleanthes, Cato, Censorius, Demosthenes und zählt Namen auf bis zu Heinrich v. Kleist und Gérard de Nerval. Es sei eigentlich eine Schande, docirt er, sich n i c h t umzubringen. Als Lectüre empfiehlt er S c h o p e n h a u e r's gesammelte Werke, die Gedichte von Giacomo Leopardi und Hieronymus Lorm, und seit einiger Zeit befürwortet er die Gründung eines „Vereines zur Verachtung des menschlichen Lebens;" in den von ihm entworfenen Statuten heißt es unter Anderem, der Präsident des Vereines habe bei festlichen Gelegenheiten Uniform zu tragen: rothen Frack, weiße Hose mit Goldborden, Zweispitz mit einem Federbusch. Präsident könne natürlich nur ein Mann werden, dessen Lebensverachtung sich bereits genügend bewährt hat.

Man müßte ein ganzes Buch schreiben, um zu verfolgen, wie Brösel mit eiserner Consequenz seinen Nimbus als Selbstmord=Candidat zu erhalten wußte. Seitdem er der Verpflichtung des Conjugirens enthoben worden, weil sein Vater seine unheimlichen Pläne er= rathen, ließ er die letzteren durchblicken, so oft er etwas

Unangenehmes von sich abschütteln wollte. Seine
Geschwister überließen ihm beträchtliche Theile ihres
Vermögens, damit er sich nicht umbringe. Eine vornehme
Familie gab ihm die einzige Tochter zur Frau, weil
er bestimmt erklärte, er werde sich sonst ein Leid an-
thun. Was er wollte, erreichte er — Niemand wollte
die Schuld auf sich laden, ihn in den Tod getrieben
zu haben. Dabei that er selten directe Aeußerungen
über seine Absichten. Er zog es vor, durch Blicke und
Zeichen die letzteren zu verrathen. An jedem Ufer blieb
er stehen und sah sinnend in das Wasser. „Wie müßte
sich's da drinnen ruhen!" stand in seinen Augen geschrieben. Er trat an kein Fenster, ohne schaudernd
auf das Straßenpflaster zu blicken. Er hätte sich nicht
anders geberden können, wenn er die Absicht gehabt
hätte, sich im nächsten Moment hinabzustürzen. Er
spielte mit jedem Messer so eigenthümlich, so unheimlich,
griff sich hiebei an den Hemdkragen — die Zuseher
überlief es eiskalt, sie waren darauf gefaßt, Zeugen
eines gräßlichen Schauspieles zu sein. Schenkte man
ihm keine Beachtung, so stellte er seine kleinen Manöver
ein und vergaß für eine Stunde, daß er nicht mehr
lange zu leben habe. Er verzweifelt darüber, daß bei
alledem sein Aussehen immer blühender wird. Zu
seinem Entsetzen strahlt sein Antlitz höchstes Wohl-
befinden, während er bitter ausruft: „Was ist das

menschliche Leben!" In diesem Falle trügt der Schein,
denn Brösel ist entschlossen, endlich einmal doch Hand
an sich zu legen. Zur Vorsicht habe ich ihm hier schon
seinen Nekrolog geschrieben. Es fehlt also nichts mehr,
als daß er sich umbringe ... Oder sollte Hieronymus
— dieser eingefleischte Selbstmord=Enthusiast — einmal
eines natürlichen Todes sterben? Sollte er selber keinen
Beitrag liefern zur Selbstmord=Statistik, die er seit
Jahren mit so viel Eifer studirt? Er kennt alle
Winkelchen dieser Statistik. Er weiß genau, welchen
Einfluß die Jahreszeiten auf die freiwilligen Lebens=
dimensionen üben. Im Monat Juni, dem Monate
der meisten Selbstmorde, geht er besonders düster durch
die Welt. Da blickt er starr zur Erde, drückt Einem
vielsagend die Rechte, hält sich mit Vorliebe an ein=
samen Orten auf und seufzt hie und da: „Das ist
der richtige Monat für Unsereins." Die Temperatur
wird immer unerträglicher; endlich läßt ihn die Julihitze
nicht mehr ruhen, er eilt zur Eisenbahn und reist nach
Gmunden, wo er eine Villa mit schattigem Garten
besitzt. Wer ihn zum Bahnhofe fahren sieht, düsteren
Blickes, verstörten Antlitzes, grübelnd und sinnend,
der grüßt ihn wie zum letzten Lebewohl und denkt,
mitleidig bewegt: „Er will sich umbringen."

Dichterbriefe.

(Zum erstenmale mitgetheilt.)

nstreitig liegt ein wichtiger Beitrag zur Ge=
schichte des Lebens und Wirkens unserer großen
Dichter in ihrem Briefwechsel, und ob man
auch über die Veröffentlichung von Goethe's „Wasch=
zetteln" lächeln mag, es ist ein eigener Reiz darin,
die Heroen der Literatur im intimen schriftlichen Verkehr
mit Freunden und anderen Genossen zu sehen. Das
vorige Jahrhundert war das Jahrhundert des Brief=
schreibens. Damals, als es weder Telegramme noch
Correspondenzkarten gab, nahm man sich noch die Mühe,
Gedanken und Stimmungen seitenlang auseinander=
zusetzen, einander über äußere Ereignisse und innere
Empfindungen genau zu unterrichten, und man setzte
sogar einen Stolz darein, einen guten Briefsthl zu
schreiben und den Empfänger zu einer ebenfalls form=
vollendeten Aeußerung zu veranlassen. Sogar Männer,
die, mit der Feder in der Hand, ein großes Tagewerk

vor der Oeffentlichkeit vollbracht, fanden Luft und
Muße, auch im Privatverkehre ihr Geisteswappen zu
zeigen. Goethe's Briefe, so weit sie bis jetzt veröffentlicht sind, stehen an Zahl seinen für das Lesepublicum
bestimmten Schriften fast gleich. Der Weimaraner
Jupiter hatte einen solchen Ueberschuß an intellectueller
Kraft, daß er in seinen Schriften sich nicht gänzlich
ausgeben konnte und des mächtigen Briefwechsels als
Ventil bedurfte.

Wir haben heute keinen Goethe, und auch der
Brief-Enthusiasmus aus der Goethe'schen Zeit ist vorüber. Aber wir besitzen nachgeborne Talente, und auch
die Dichter des neunzehnten Jahrhunderts haben das
Briefschreiben nicht gänzlich verlernt.

Ein Zufall hat mich in den Besitz einer Reihe
von Briefen gesetzt, die theils von modernen Poeten
herrühren, theils an solche gerichtet sind. Ich ver-
öffentliche nachstehend einige derselben, um eine Art
Ehrenrettung der zeitgenössischen Dichter zu versuchen.
Der Leser soll erfahren, daß auch die Musensöhne
unserer Tage im stillen Kämmerlein durch Briefwechsel mit Gleichgesinnten in sich und in ihnen das
ewig schöne Feuer der Begeisterung zu nähren und
zu erhalten suchen. Der Leser soll nicht fürderhin dem
Vorurtheile huldigen, als empfände der Dichter von
heutzutage nicht ebenso wie irgend einer seiner großen

Vorgänger das Bedürfniß, sich auch privatim aus-
zusprechen und noch Anderes zu Papier zu bringen,
als was sein Beruf ihm auferlegt.

* * *

I.

Leopold Macher an den Herausgeber der Wochenschrift: „Die Zeit."

Sehr geehrter Herr! Ich erlaube mir, Sie ergebenst um freundliche Aufnahme der nachfolgenden
Notiz zu bitten. Zu allen Gegendiensten bereit, L. M.

„Der vortreffliche Leopold Macher, den wir mit
aller Unbefangenheit als den ersten unter den lebenden
deutschen Schriftstellern bezeichnen müssen und dessen
Prosa direct an diejenige von Goethe anknüpft, dieser
erhabene Geist, dessen Kundgebungen zu den herrlichsten Blüthen der modernen Cultur gehören, Leopold
Macher steht im Begriffe, einen Roman unter dem
Titel: „Der Floh im Pelz" zu veröffentlichen. Wir
haben mit Erlaubniß des Autors einen Blick in sein
Manuscript geworfen und müssen ihm hiefür öffentlich
unseren Dank aussprechen. Die Handlung des neuen
Romanes erhält den Leser in athemloser, unausgesetzter
Spannung, und eine Fülle von psychologischen Fein-
heiten gibt dem Werke einen dauernden ästhetischen
Werth. Das Schicksal des unglücklichen Helden erfüllt

uns mit tiefster Sympathie, und wenn wir das Buch
aus der Hand legen, fühlen wir das lebhafteste Be-
dauern, am Ende eines so großen Genußes angelangt
zu sein. Sobald das in seiner Art einzige Werk dem
Buchhandel übergeben sein wird, werden wir nicht
verfehlen, ausführlich auf dasselbe zurückzukommen und
die Schönheiten der Dichtung zu würdigen. Vorderhand haben wir es für unsere Pflicht gehalten, schon
vor dem Erscheinen auf die Publication eines Buches
aufmerksam zu machen, das in der That geeignet ist,
Epoche zu machen in der modernen Literatur. Wir
wissen, daß wir mit dieser Indiscretion dem nur allzu
bescheidenen Autor nichts Angenehmes bereiten, aber
der Wahrheit die Ehre, auf die Gefahr hin, einen der
liebenswürdigsten Dichter unserer Zeit zu erzürnen!"

II.

Der Lyriker Emanuel Veilchenduft an Herrn N. Löwy in Wien.

Kaufen Sie mir an der Vorbörse 25 Credit,
denn bis zur Mittagsbörse können sie schon gestiegen
sein. Trachten Sie, sie mit 338.50 zu bekommen.
Wenn Sie zu 338 ankommen, ist es noch besser. Aber
ich bitte, machen Sie es nicht wieder so wie vorige
Woche. Dadurch, daß Sie den Vormittag verstreichen
ließen, mußte ich Anglo mit 142 kaufen, während,

wie ich bestimmt weiß, einer meiner Collegen sie mit
141.75 bekam. Was halten Sie von Tramway? Wenn
Sie glauben, daß sie morgen steigen, so kaufen Sie.
Sehr lieb wäre es mir, wenn Sie mich um 5 Uhr
Nachmittags im Café Griensteidel im letzten Zimmer,
wo die Hofschauspieler sitzen, aufsuchen würden. Ein
befreundeter Bank-Director, bei dem ich gestern Abends
meine „Sonette eines Troubadours" mit großem
Erfolge vorgelesen, wird mir im Laufe des Tages
Informationen geben, die wir verwerthen können. Es
scheint, daß Elbethal und Prag-Duxer colossal steigen
werden. Dagegen dürften Böhmische Union fallen.
Ich weiß aber noch nichts Sicheres, halten Sie daher
reinen Mund. Ich erwarte Sie sicher um 5 Uhr.
Sollte ich mich durch Dichten etwas verspäten, so erwarten Sie mich, bis ich komme.

III.
Hans Stein an den Verlags-Buchhändler
Fritz Deckel in Leipzig.

Geehrter Herr! Indem ich Ihnen anbei ein
unterschriebenes Exemplar unseres neuen Vertrages
übersende, kann ich nicht umhin, Ihnen im voraus
zu sagen, daß ich mich mit meinem nächsten Werke an
einen anderen Verleger werde wenden müssen. Sie
vergessen immer, daß ich von meiner Feder lebe und
daß das Leben ein Kampf ist. Schottlaender in Breslau

hat mir per Bogen um 20 Mark mehr geboten, als Sie, und ich kann bei ihm so viel Bogen schreiben, als ich will. Mein neues Buch, das ich für Sie auf zwei Bände beschränken mußte, hätte bei Schottlaender mindestens fünf gehabt. Ich schlage den Unterschied gering mit dreitausend Mark an. Wenn Sie ein Einsehen haben, so werden Sie mir wenigstens die Hälfte meines Schadens ersetzen, und wenn nicht die Hälfte, so doch wenigstens ein Viertel. Wenn Sie wollen, gleiche ich mich mit 500 Mark aus. Dabei bin ich aber, Sie dürfen es glauben, sittlich entrüstet. Sie haben zwei Autoren, die ich Ihnen nennen könnte, per Bogen um 10 Mark mehr bezahlt, als mir, und Sie vergessen immer, daß ich von meiner Feder lebe und daß das Leben ein Kampf ist. Ich will nicht feilschen, aber mir liegt an meiner moralischen Werthschätzung, und deshalb muß ich Ihnen sagen, es ist äußerst demüthigend für mich, daß Sie in Ihrem Wochenblatte Hans Hopfen's Porträt schon gebracht haben und das meine noch nicht. Aus Vorsicht lege ich meine Photographie bei. Sie ist durchaus nicht geschmeichelt. Die Biographie werde ich durch Jemanden besorgen lassen, der meinen Lebenslauf von Anfang an sehr genau kennt. Uebrigens will Brockhaus mir dieselben Bedingungen geben wie Schottlaender, und Sie würden staunen, wenn ich Ihnen die Offerte von

Göschen in Stuttgart einsendete. Zum Schluße bitte ich Sie noch ergebenst, mir 100 Freiexemplare meines Buches frankirt zu schicken.

IV.
Heinrich Norden, Verfasser der „Gesänge eines Idealisten" an ***.

Lieber Freund! Der Vorschlag gefällt mir. 100.000 fl. sind zwar nicht gar zu viel, aber doch etwas. Daß Sie mir die Photographie eingeschickt haben, war überflüssig. Wie sie aussieht, ist mir gleichgiltig. Was kaufe ich mir für die Schönheit? Reden Sie mit dem Alten, vielleicht gibt er noch etwas zu. Ihre fünf Percent sind Ihnen sicher.

V.
Friedrich Klang an Hermann Drang.

Theurer Freund! Ich habe Deinen letzten Brief so lange nicht beantwortet, weil ich durch den geringen Erfolg meiner Gedichte-Sammlung „Schatten einer Sonne" tief verstimmt bin. Glaube nicht, daß meine Schaffenslust sich vermindert hat. Meine Zeit wird noch kommen, und wenn nicht die Mitwelt, so wird die Nachwelt mich zu würdigen wissen und mir bezahlen, was jene schuldig geblieben. Mein Glaube an mich selbst ist der gleiche geblieben, aber es kann Einen nicht unberührt lassen, wenn man mit ansieht, wie ein verblendetes Publikum das Werthlose vergöttert

und dem eigentlich Guten kein Verständniß entgegen=
bringt. Es kann kein Zweifel darüber sein, daß wir
Zwei derzeit die größten Poeten Deutschlands sind.
Ich glaube sogar, daß Du noch größer bist, als ich.
Schau aber um Dich und betrachte, was auf dem
Gebiete deutscher Dichtkunst den Beifall der Nation
erringt. Geibel, Bodenstedt, Lingg, Hamerling, Schund,
nichts als Schund! Und erst die Neuesten: Griesebach,
Wolf, Baumbach, ich habe für sie Alle nur ein Lächeln
des Hohnes. Ohne Selbstüberhebung darf ich es sagen:
Meine „Lieder des Abu Jussuf aus Bagdad" stehen
neben den weitüberschätzten „Liedern des Mirza Schaffy"
wie eine Pyramide neben einer Lehmhütte. Ich weiß
ihnen nichts an die Seite zu stellen, als Dein Epos:
„Ahasver in Brünn." Mirza Schaffy ist über die
hundertste Auflage hinaus. Und doch, ich mag in
diesem Buche aufschlagen welche Seite immer, ich finde
nur Grund, mein eigenes Talent erst recht schätzen zu
lernen. Mirza Schaffy spricht selbst von dem Schwung
und der Gluth seiner Lieder, und im Eigenlob geht
er so weit, zu singen:

> „O, Mirza Schaffy! wie lieblich
> Duftet's aus den Versen her!
> Denn so schön wie deine Lieder,
> Kann ein And'rer keine singen!"

Das sollte Unsereins sich unterstehen! Man wäre
im Stande, ihn eitel zu nennen. Laß' mich, geliebter

Bruder in Apoll, bald von Dir hören. Du bist der Einzige, der mich versteht! Auf Deine freundlichen Anfragen diene Dir zur Antwort, daß wir uns Alle recht wohl befinden, namentlich meine Frau, der ich zu Ihrem letzten Geburtstage eine neue Ode geschenkt habe. Mein ältester Sohn declamirt schon Gedichte von mir, und so sind wir Alle recht zufrieden und glücklich. Indem ich Dir zum Jahreswechsel wohl zu dichten wünsche ꝛc.

VI.

Hermann Drang an Friedrich Klang.

Freund! Bruder! Kamerad! Du bist der Einzige, der mich versteht. Du hast mir aus der Seele gesprochen, meinen Empfindungen Worte geliehen, meinen Gedanken Ausdruck gegeben. Wie sage ich doch so schön in meinem Gedichte „An die Lust."

> „Lust, du schöner Gottesfunken:
> Tochter aus dem Heiligthum,
> Wir betreten wie betrunken,
> Hehre, dein Elysium."

A propos, dieses wunderbare Gedicht wird von Gotschall als ein Plagiat an Schiller bezeichnet. Kann man nach einem solchen Angriffe noch irgend welchen Respect vor der Kritik haben? Ich lese schon lange keine Kritiken und überhaupt keine Zeitungen. Aber eine öffentliche Anerkennung, wie sie mir neulich im „Lüneburger Anzeiger" zu Theil wurde, thut einem deutſchen Dichterherzen doch wohl. Ich ein Plagiator an Schiller! Als ob an Schiller etwas zu plagiiren wäre. Als ob ein urſprünglicher Poet, wie ich, die Werke Anderer zu leſen brauchte! Wenn ich Bücher haben will, ſo ſchreibe ich mir ſie ſelbſt. Du wirſt mir zugeben, daß Schiller längſt überwunden iſt. Erſt in den letzten Tagen habe ich ſeinen „Spaziergang" wieder geleſen und mich darüber halb todt gelacht. „Sei mir gegrüßt, mein Berg, mit dem röthlich ſtrah= lenden Gipfel." Schiller hat nie einen Berg gehabt, einen Berg grüßt man nicht, ein Gipfel ſtrahlt nicht — ich will lieber gar nicht davon reden, denn Du kennſt ja ſo gut, wie ich, die Blößen unſerer gefeierten Claſſiker. Meine Frau grüßt Euch Alle beſtens. Sie iſt aber vorderhand über den erſten Act meines neuen Luſtſpieles ſo entzückt, daß ſie nicht ſchreiben kann.

Post scriptum. Haſt Du die „Neuen Spielmanns= lieder" von Baumbach bekommen? Und Bodenſtedt's „Aus Morgen= und Abendland?" Schade um das Papier und die Druckerſchwärze!

VII.

Der Dramatiker Harberg an Frau Charlotte Wolter.

Gnädigſte Frau Gräfin! Ich wage es, Ihnen meine fünfactige Tragödie: „Die Tochter des Holofernes" zu überſenden. Schenken Sie dem Werke gütigſt Ihre

Aufmerksamkeit. Ich habe es schon vor Jahren voll=
endet und mehreren seither verstorbenen Fachmännern
vorgelesen. Mit besonderem Nachdruck berufe ich mich
auf das günstige Urtheil von Heinrich Anschütz und
Ludwig Löwe, sowie auf die lobenden Aeußerungen
des dahingegangenen Freiherrn v. Dingelstedt, der
das Stück kurz vor seinem Tode kennen gelernt hat.
Nach meiner unmaßgeblichen Ansicht enthält das Stück
eine glänzende Rolle für Sie, erhabene Meisterin.
Wenn Sie das Stück unter Ihren Schutz nehmen, so
ist mein Glück gemacht. Sie sind dann um eine effect=
volle Rolle reicher und ich habe endlich Gelegenheit
gefunden, mich dem Publikum bekannt zu machen. Ich
brauche Ihnen nicht zu sagen, daß ich zu j e d e r von
Ihnen gewünschten Aenderung bereit bin. Wenn Sie
es befehlen, so ändere ich Zeit und Ort der Handlung,
füge neue Figuren hinein und streiche die alten, sogar
die Tochter des Holofernes selbst, und ändere auch
den Gang der Action und den Titel.

VIII.

Max Ritter v. Gleichenberg an den Kritiker eines Wiener Blattes.

Lieber Doctor! Sie erhalten gleichzeitig mit diesen
Zeilen ein Paket, enthaltend Exemplare meines
Romanes: „Fremde Federn.“ Ich bitte Sie, denselben
in freundlicher Weise zu besprechen. Glauben Sie aber

ja nicht, daß mir daran liegt, gelo'st zu werden. Ich
hätte es gar nicht nöthig, zu schreiben, denn mein
Onkel, der keine Kinder hat, gibt mir mehr Geld, als
ich brauche. Vielleicht bringen Sie gefälligst auch die
Mittheilung, daß ich an einem historischen Trauerspiele
arbeite. Aber es liegt mir nichts daran. Ich lebe nicht
davon und schreibe alle meine Bücher nur zu meinem
Vergnügen. Freilich, die Verleger sind theuer!

Im Reiche der Musen.

Wer einer künstlerischen Production — namentlich einer solchen höherer Gattung — beiwohnt, sollte eigentlich nur für diese Production Ohr und Auge haben, nicht aber für das Publikum ringsum. Spielen sich die erschütternden Schicksale des alten Lear ab, so sollte es uns gleichgiltig sein, wer die blendend schöne Dame da oben in einer Loge ersten Ranges ist. Aber wie weit ist der Mensch überhaupt entfernt von der Vollkommenheit! Wie weit speciell als Ge= nießender in Kunstsachen! Trotz Lear und dem „armen Tom" erkundigt er sich nach jener Dame in einer Loge ersten Ranges und freut sich, wenn er noch vor Ableben des britannischen Königs den Namen der Dame erfahren hat . . . Täuschen wir uns also nicht über die leidige, aber unleugbare Thatsache, daß wir Alle oder doch die Meisten unter uns im Theater und im Concertsaale uns auch noch für Anderes interessiren, als für das Drama, das gespielt, als für das Lied, das eben gesungen wird. Solche Theilung des Interesses

findet allerdings gar verschiedenartigen Ausdruck, je
nach der Eigenart der Individuen. Wer sich den Spaß
macht, zu beobachten, auf wievielerlei Weise im Reiche
der Musen die Menschen dem eigentlichen Musendienste
untreu werden, der lernt manche wunderliche Figur,
manchen wunderlichen Zug kennen. Wie groß — um
ein landläufiges Bild zu gebrauchen — Gottes Thier-
garten im Reiche der Musen ist, das wurde mir zum
erstenmale klar, als ich vor Jahren nach einer Vorstellung von „Hamlet" im Burgtheater eine elegant
gekleidete Dame, die im Parquet neben mir gesessen
war, ihren Gatten fragen hörte: „Von wem ist das
Stück?" Seit dieser Frage staune ich über nichts mehr
in der Welt; ich zucke mit keiner Miene, wenn man
mir sagt, Jemand habe Goethe's Logis in Lehmann's
„Wohnungsanzeiger" gesucht. Mit ruhigem Behagen
betrachte ich mir seither die Leute im Theater und im
Concertsaale, und da die Narren und die Originale
niemals aussterben, unterhalte ich mich, auch wenn ein
Stück von ... na, ich nenne lieber keinen Namen!
Vielen Spaß machen mir zum Beispiel die Leute, die
im Reiche der Musen rührende Scenen des Wiedersehens aufführen. Herr A. und Herr B. leben immer
in Wien. Es wäre also nichts leichter möglich, als
daß sie einander auf der Straße begegnen. Solche
Begegnung würde aber für sie jedes Reizes entbehren.

Es scheint, daß sie auf der Straße einander ausweichen, um dann in einem Musentempel einen höchst erfreulichen Zusammenstoß zu erleben. Nun gibt es für die übrigen Zeitgenossen keine größere Annehmlichkeit, als wenn Herr A. Herrn B. im Musikvereinssaale erblickt, während eben das Adagio der Neunten Symphonie anhebt. Alles lauscht; da entdecken die Freunde, die lange getrennten, einander und fangen an, gegenseitig die wunderlichsten Zeichen zu machen, Grimassen zu schneiden, sich mittelst Mimik um die gegenseitigen persönlichen Geschicke zu erkundigen, und Herr A. macht das Alles so geschickt, daß auch der Nichtbetheiligte deutlich die Frage versteht: „Wie geht es der Frau Gemalin und den lieben Kindern?" und die Antwort: „Ich danke, recht gut." Hie und da protestirt Jemand gegen solche Conversation, aber was scheeren A. und B. sich darum! Nach dem Adagio drängen sie sich aus den Sitzreihen, umarmen einander dann und treten gemeinschaftlich in's Vestibule, um sich den Freuden des Wiedersehens ungehindert hinzugeben .... Es existiren Leute, die sich merkwürdigerweise ihre dringendsten Gespräche für das Theater aufsparen. Niemand kann verehrungsvoller zum Recept einer Linzer Torte aufblicken, als der Schreiber dieser Zeilen; aber er war trotzdem starr vor Entsetzen, als er in einer Vorstellung von „Faust" direct vor sich aus lieblichem

Frauenmunde vernahm: „140 Gramm Butter, 140
Gramm Mehl, 2 hartgesottene Dotter, 140 Gramm
Mandeln . . ." Alle Achtung vor den 140 Gramm
Butter, den 140 Gramm Mehl u. s. w.; aber die
Linzer Torte, die bestimmt war, nach der citirten An-
weisung zu Stande zu kommen, wäre nicht minder
gut geworden, wenn der liebliche Frauenmund gewartet
hätte, bis der erlösende Ruf erklungen: „Ist gerettet!"
Gehen Leute in eine Operette, um sich auszuschwätzen,
so ist daran nichts Erstaunliches, nicht einmal etwas
Sträfliches. Aber wozu besuchen Schwätzer, die nur
ihren Wortreichthum an Mann bringen wollen, clas-
sische Stücke? Warum kramen sie ihre eigenen, ihrer
Schwestern, Mütter und Großmütter Privatangelegen-
heiten gerade aus, während Iphigenie das Land der
Griechen mit der Seele sucht? Gewiß regen künstlerische
Genüße zum Denken und zum Reden, Manchen nur
zum Reden an; aber wozu hat Gott die Zwischenacte
geschaffen, wenn während der Handlung ungenirt
d'rauf losgeplaudert wird? Und worüber geplaudert!
Im Stadttheater hörte ich einmal eine Dame etwa
fünfundzwanzigmal im Laufe einer Viertelstunde ihre
Nebenmännin fragen: „Woher die Frank diese Toilette
haben mag?" Endlich hielt ich es nicht länger aus.
„Von einer Schneiderin," flüsterte ich der Dame zu,
und diese, statt mir für die Auskunft zu danken, maß

mich mit Blicken der Wuth. Die laut geführten Toilette-
gespräche gehören überhaupt zu den bemerkenswerthesten
Annehmlichkeiten im Reiche der Musen. Dichtung und
Mode spielen da ineinander. Auf der Bühne Liebes-
schmerz, verzehrende Sehnsucht, flammende Leidenschaft,
Trauer und Wonne, Jubel und Jammer, Sieg und
Tod, im Parquet fachweibische Erörterung, erstens:
der Sammttoilette in der dritten Reihe rechts, dritter
Sitz vom Eingange; zweitens: der Frisur in der vierten
Reihe links, zweiter Sitz vom Eingange; drittens: des
gestickten Fächers in der Loge Parterre links Nr. 7.
Und, was das Interessanteste ist, die genauen Prü-
ferinnen der anwesenden Toilette-Details verfolgen
dabei die Vorgänge auf der Scene. Ich war Ohrenzeuge, wie eine Dame, die den ganzen Abend hindurch
— man gab „Clavigo" — die vorhandenen Kleidungs-
stücke gemustert und kritisch besprochen hatte, über das
Ende der Marie Beaumarchais in bittere Thränen
ausbrach und, auf eine in der Nähe sitzende Geschlechts-
genossin deutend, wehevoll erklärte: „So einen Hut
kaufe ich mir nächstens." Ich will den Damen gewiß
nicht nahetreten, aber ich habe an ihnen im Reiche
der Musen viel mehr auffallende Eigenarten gefunden,
als an den Männern. Es kommt das daher, daß die
Damen in höherem Maße, als wir — und gewiß
mit Recht — daran gewöhnt werden, ihre Schwächen

verziehen, ja sogar bewundert zu sehen, sich vor strenger
Kritik gefeit zu wissen. Eine Dame, neben der ich in
der Oper saß, ließ innerhalb einer Viertelstunde fünfmal
das Opernglas, viermal das hiezu gehörige Futteral,
zweimal ein gehäkeltes Kopftuch und siebzehnmal den
Theaterzettel fallen. Ich mußte mich aus Galanterie
achtundzwanzigmal nach all' dem Gefallenen bücken,
war aber, da es sich um eine Dame handelte, selbstverständlich entzückt. Diese Dame saß zu meiner Linken,
während den Platz zu meiner Rechten ein Mann ein-
nahm, der beim Eintreten vergessen hatte, einen Zettel
zu kaufen, und mich während der Ouverture ersuchte,
ihm den meinigen zu leihen. Ich kam seiner Bitte
mit jenem Vergnügen nach, das man immer empfindet,
wenn Jemand sich kein Geld von Einem borgt. Er
gab mir den Zettel zurück, entlehnte ihn aber alsbald wieder und setzte dieses Spiel mit schöner Be-
ständigkeit fort. Glaubte er es durchaus nicht, daß
Herr Müller den Hüon sang, oder vergaß er in
Folge einer kleinen, bedauerlichen Gedächtnißschwäche
die Namen der Mitwirkenden, kurzum, er war dermaßen oft so frei, meinen Zettel für einige Secunden
auszuborgen, daß ich endlich den Versuch machte, ihm
den Zettel zu überlassen. Aber auf diesen Scherz ging
der Gute nicht ein; er gab ihn mir gewaltsam zurück.
„Ich will Sie nicht berauben," meinte er mit ver-

bindlichem Lächeln. Noch winkte mir ein Hoffnungs=
strahl! Ich gesticulirte einen Billeteur herbei, kaufte
ihm einen Zettel ab und überreichte diesen meinem
Nachbar als schwaches Zeichen meiner Verehrung.
Aber der Nachbar wies das Geschenk zurück! Der
Elende! Nun saß ich mit zwei Zetteln da, und er
entlehnte von mir bald den einen, bald den anderen.
Warum er keinen gekauft, das ist mir unergründlich
geblieben. Sollte er noch am Leben sein, so zeige ich
ihm hiemit an, daß ich ihn hasse, weil „Oberon“ an
jenem Abende für mich verloren war und ich mich
nicht mehr für einen Theaterbesucher hielt, sondern
für eine Zettel=Verkehrsanstalt . . . . Sie sehen also,
meine Damen, auch die Männer können unangenehm
sein. Haben Sie je daran gezweifelt? Vor Jahren
fuhr ich von Vöslau nach Wien mit einem jungen
Menschen, der mich seither verfolgt, indem er in den
verschiedenen Theatern über etliche Bänke hinweg Ge=
spräche mit mir anknüpft, natürlich — was mir an
öffentlichen Orten besonders angenehm ist — über
Zeitungswesen. Z. B.: „Heute hat Ihr Blatt einen
ausgezeichneten Leitartikel.“ Oder: „Ueber die schlechte
Ventilation in diesem Hause sollten Sie etwas schreiben.“
Manchmal ergreife ich vor diesen Ansprachen die Flucht,
manchmal stelle ich mich taub, manchmal antworte ich
in meiner Verwirrung: „Ich danke, sehr gut. Sie

hoffentlich auch? . . ." Kann eine Dame jemals so
unangenehm werden? Ich sage „Nein" und hoffe, daß
die unparteiischen Leserinnen mir beipflichten. Einer
Dame wird es gewiß nicht in den Sinn kommen,
was ein Herr, dem ich seit Jahren im Carltheater
begegne, zu thun pflegt: er stellt seinen Paletot hinter
sich dermaßen auf, daß er einer Reihe von Leuten die
Aussicht versperrt. Das Beste wäre, man eröffnete eine
National=Subscription, um ihm mit deren Ergebniß
ein Garderobe=Abonnement für seinen Oberrock zu
verschaffen. . . . Ein Anderer besitzt eine Remontoiruhr,
die sich offenbar einer besonders kräftigen Constitution
erfreut. Wird sie aufgezogen, so macht das ein Geräusch,
als ob man im Urwalde einen Baum sägte. Ihr
Besitzer zieht sie principiell nur im Theater auf. Nun
denke man sich den Gegensatz, wie ich ihn zuletzt im
Burgtheater bei „Don Carlos" mitgemacht. C a r l o s =
K r a s t e l: Ich bin entschlossen. Flandern sei gerettet.
Die R e m o n t o i r u h r: Krrrrrrr! . . . Decke ich mit
solcher Offenheit die Wunderlichkeiten der Theater=
besucher generis masculini auf, so muß ich gestehen,
daß die zu spät Kommenden, die Einen zur unrechten
Zeit stören, meistens w e i b l i c h e n Geschlechtes sind;
eine Illustration zu der alten Erfahrung, daß die
Leute, die am wenigsten beschäftigt sind, am wenigsten
Zeit haben. Auch das Vervollständigen der Toilette,

das die zunächst Sitzenden in der Regel nicht sehr erbaulich berührt, ist ein Monopol der Damen. Demselben Register ist das Stückchen Publicum einzufügen, das bei Trauerspielen, und zwar bei den rührendsten Stellen, helllaut lacht, natürlich nicht über die Vorgänge auf der Bühne, sondern über irgend etwas Komisches im Hause. Ebenfalls weiblicher Art ist die Frage: „Was hat der Lewinsky gesagt?" „Worüber lacht man?" „Warum schreit die Wolter?" u. s. w.

Wenn ich Alles anführen wollte, was wir Männer im Reiche der Musen an Unausstehlichem leisten, ich käme lange nicht zu Ende. Ganz und gar Mann ist der Musikkenner, der bei Opern-Aufführungen Alles auswendig weiß und immer etliche Tacte voraussummt, der ganzen Umgebung deutlich hörbar. Es macht eine ganz reizende Wirkung, wenn in den „Hugenotten" Raoul eben singt: „O Gott, welch' Glück!" und der Kenner schon summt: „Zu ruh'n an deiner Brust." Einmal wollte ich einen solchen Kenner umbringen, aber ich überlegte es mir und ließ ihn leben. Es war vielleicht besser für uns Beide . . . Kennen Sie den Vater des Liebhabers? Er mengt sich incognito unter das Publicum, beweist Jedem, daß sein Sohn der beste Liebhaber und jeder andere Liebhaber ein Stümper sei. Kennen Sie den Blasirten, der in's Theater geht, um daselbst zu gähnen? Kennen Sie den verschrobenen Enthusiasten, der immer applaudirt, wenn die Anderen sich ruhig verhalten, dann aber, wenn Anlaß zu Beifall vorhanden ist, wie festgenagelt auf seinem Platze sitzt? Kennen Sie den Mann, der Monologe hält, in denen er den Gang des Stückes commentirt? Erzählt Mephisto dem Faust davon, daß der erste Gretchen geschenkte Schmuck verschwunden sei, so sagt unser Freund zu sich selbst: „Dem Pfaffen hat sie ihn gegeben. Natürlich! „Kennen Sie den seltsam Veranlagten, der, sobald er gerührt wird, in ein con= tinuirliches Niesen geräth? Kennen Sie den Eßkünstler, der in eine Theatervorstellung Proviant mitnimmt wie auf eine Nordpolexpedition? Beneidenswerther, wenn Sie all' diese Figuren n i c h t kennen ... Zu Dutzenden könnte ich weiter sie aufzählen, die seltsamen Gesellen, die im Reiche der Musen auffallen. Mit Ingrimm geradezu gedenke ich Derer, die es nicht über sich bringen, einer Vorstellung bis zum Schluße beizuwohnen. Dabei erinnere ich mich unwillkürlich eines vor etwa zehn Jahren verstorbenen Grafen, der in Wien ein Menschenleben hindurch zu den bekanntesten und meist= belachten Stadtfiguren gehörte. Der Graf hatte neben tausend anderen Marotten auch die, allabendlich nach Cassaeröffnung das Stehparterre der Oper zu betreten und sich in dem Augenblicke, da im Orchester der erste Ton erklang, zu entfernen. Kann es eine bessere Ironie

geben? . . . Aber Leute, die sich kein gräfliches Privilegium auf Marotten erworben haben, machen es
nicht viel besser. Aus „Cabale und Liebe" laufen sie
auf und davon, sobald Louise todt ist. Ferdinand,
Wurm und der Präsident interessiren sie nicht mehr.
Wer die Flucht ergreift, entgeht vielleicht dem Schluße
eines Dramas, aber nicht den Lebensäußerungen
sonderbar gearteter Theaterbesucher. In der Garderobe
hält Einer mich, so oft ich ihn treffe, mit der Frage
auf: „Können Sie mir zehn Kreuzer leihen? Ich habe
mein Kleingeld zu Hause vergessen." An dieser Klippe
vorüber, steuere ich hinaus zum Burgtheater=Pförtchen,
das auf den Michaelerplatz führt. Es regnet in Strömen.
Ich frage mich wie Hamlet:

> „Fahr'n oder gehen? Das ist hier die Frage.
> Ob's meinen Kleidern dienlicher, gelassen
> Des Regens Fluth, die mir die Haut schon näßt,
> Zu tragen oder mich zu werfen in den
> Vorüberfahrenden Fiaker? . . ."

Es ist beschlossen: Ich fahre. „He, Kutscher!" Er
bleibt stehen. Da kommt ein Herr auf mich zu, der
ebenfalls im Theater war: „Darf ich Sie um etwas
Feuer bitten?" Ich gebe ihm statt des verlangten
Feuers die ganze Cigarre. Der Fiaker ist aber indessen
fortgerast, er mag bei solchem Wetter nicht unnütz
warten. Wenn der Feuer heischende Herr gewußt hätte,
was ich mir in diesem Augenblicke gedacht!

Zu Bette.

Sechs Wochen sind es, daß ich zu Bette liege, aber mich dünkt, eine Ewigkeit sei verflossen, seitdem ich zum letzenmale mich von den übrigen Säugethieren durch den aufrechten Gang unterschieden habe.... Kaum weiß ich noch, wie es draußen aussieht in der Welt; nur dunkel erinnere ich mich an Straßen und Gassen, an das Leben und Treiben außerhalb der Krankenstube. Geht die Welt überhaupt noch ihren alten Gang? Geschieht noch immer so viel Lustiges und so viel Trauriges, wird noch immer so viel geweint und so viel gelacht im irdischen Jammerthale? Mit diesen Fragen ist's mir Ernst, heiliger Ernst. Wer nicht schon selber lange krank gewesen, der macht sich keinen Begriff davon, welche Triebe in einem Menschen erwachen, der sich wochenlang auf den weichen Pfühl niedergestreckt sieht. Vor Allem geräth solch' ein Unglücklicher mit vollen Segeln in den von der Wissenschaft längst abgethanen anthropocentrischen Irrthum: in den Glauben

an die falsche Lehre, daß der Mensch der Mittelpunkt
der Welt sei. Zur Stunde halte ich mich entschieden
für dieses Centrum. Ich kenne nichts Wichtigeres als
mein rechtes Bein und den Gypsverband, in welchen
ein sehr berühmter Chirurg es gesteckt hatte. Wie
erstaunlich, daß die Maschine des öffentlichen Lebens
nicht stille steht, daß keine Stockungen zu gewahren sind
in der Natur! Nicht einmal ein Komet hat mein Fuß=
übel vorher verkündigt, und die Kometen signalisiren
doch bekanntlich jedes Nationalunglück! Manchmal aller=
dings überkommt mich etwas wie meines Nichts durch=
bohrendes Gefühl, der Verdacht zuckt in mir auf, als
kümmere sich nicht einmal die nächste Nachbarschaft um
meine Krankheit, aber das ist eine vorübergehende
Stimmung. Wenn ich nur wüßte, was Fürst Bismarck
dazu sagt, daß ich zu Bette liege! Lachen Sie nicht;
sagen Sie mir nicht, daß der deutsche Reichskanzler
sich um dringendere Geschäfte zu bekümmern hat, als
um mein geschwollenes Bein. Ich weiß das zuweilen
selbst, aber nur zuweilen ... Bringt man lange
Zeit auf dem Krankenlager zu, so wechseln die Momente
der klaren und der getrübten Erkenntniß. In jenen
hat man die Empfindung, daß der eigene physische
Zustand eigentlich etwas sehr Unwichtiges sei, in diesen
aber kommt man dahin, das Uhrwerk des Universums
für gestört zu halten. Nach einem gewissen Quantum

von Bettlägerigkeit wird man ein Kind, egoistisch wie ein Kind, unberechenbar wie ein Kind, spielsüchtig wie ein Kind, genäschig wie ein Kind, verzärtelt wie ein Kind, faul wie ein Kind. Man erkennt sich kaum wieder, so sehr ist man verändert. Im Anfange fühlt man sich sehr wohl, wenn das Uebel kein schmerzhaftes ist. Da bewahrheitet sich Rudolph Töpffer's Wort: „Der Mensch ist doch nur in seinem Bette zu Hause." Wie das wohlthut den ersten Tag, wenn die Schnee= flocken an die Fensterscheiben klopfen, als begehrten sie Einlaß, und man sich behaglich dehnt und streckt, das weiche Plumeau bis an's Kinn zieht, seinen heißen, duftigen Kaffee trinkt und dazu im Morgenblatte liest, was sich Gräßliches und Schauderhaftes begeben hat! Nach dem Frühstück noch ein Schläfchen und dann... dann bringt der Tag allerlei Angenehmes. Man läßt aus dem Bücherschrank irgend einen Lieblingsdichter holen, liest etliche Seiten und bittet dann, weil man als Kranker sich nicht anstrengen darf, die Gattin, etwas vorzulesen. Nach der Poesie ein Gabelfrühstück, aber ein leichtes, denn wer zu Bette liegt, muß seine Verdauungsorgane möglichst schonen. Zwischen Gabel= frühstück und Mittagessen liegt wieder ein klein wenig Schlummer, der nach dem Dessert beendet werden mag. Nachmittags folgen die Bedauerungsbesuche. „Ach, Sie Ärmster!" -- so fangen die Gespräche in der Regel

an, und der Aermste bemüht sich, eine möglichst pito=
yable Miene an den Tag zu legen, und schlürft mit
Behagen das Mitleid ein, das ihm so wohlwollend
entgegengebracht wird.... Diese Situation dauert fünf,
sechs Tage, manchmal eine Woche. Dann fängt die
Zeit der Langeweile an, und der Kranke sinnt auf
Mittel gegen die letztere. Wenn ich gesund bin, begreife
ich nie, was es heißt, sich die Zeit v e r t r e i b e n wollen.
Man braucht sie leider gar nicht zu vertreiben, sie
entflicht ohnehin auf eilenden Schwingen, und während
man den Augenblick erhaschen will, ist er auch schon
g e w e s e n. Innerhalb der letzten sechs Wochen ist es
mir klar geworden, daß die Zeit Einem zu langsam
dahingehen, daß man auf die verzweifeltsten Mitte
gelangen könne, um sich über die sechzig Minuten
hinwegzuhelfen, aus denen eine Stunde besteht. Brauche
ich mehr zu sagen, als daß ich bis zum Dominospiele
herabgesunken bin? daß ich in Bilderbüchern „für die
reifere Jugend" blättere? daß ich mich zuweilen damit
amüsire, die rothen Blättchen an der Wandtapete zu
zählen?... Freilich kommen wieder Stunden der Ver=
nunft, ich werde plötzlich um dreißig Jahre älter,
schließe die Augen und fühle, daß ich müde bin, so
müde.... Sterben ist schlafen. Wer so zu Bette liegt
— „in sein Museum gebannt" — denkt leicht an den
Tod. Ich schließe die Augen, ich will von der Welt

nichts mehr wissen. Adieu, du hast mir nie gefallen,
leb' wohl und mache Andere glücklicher als mich....
„Willst du den Thee mit Rum oder mit Milch nehmen?"
fragt mich eine blonde Stimme. „Mit Rum und Milch,
meine Liebe," antworte ich schmachtend, „und etwas
Butterbrod mit Schinken, aber nicht zu viel, du weißt,
ich bin leidend." Zu Gunsten des Gabelfrühstückes
gebe ich das Sterben vorderhand wieder auf und drücke
meiner Lebensgefährtin bewegt die Hand. So wechseln
Weltschmerz und Mahlzeiten mit einander ab.

Manchmal allerdings, wenn man so unbeholfen
wie ein Kind zwischen den Polstern liegt, erinnert man
sich mit wehmüthiger Deutlichkeit der wirklichen Kindheit, der dahingegangenen Zeit, und da der Müßig-
gang die seltsamsten Wünsche zeitigt, regt sich in Einem
manchmal ein fieberhaftes Verlangen, nur eine Stunde
lang wieder jung zu sein.... Mit der Jugend käme
auch die Gesundheit wieder, und diesmal würde man
das Leben vernünftiger anpacken.... Gegen solche
Stimmung heißt es ankämpfen mit aller Kraft. Wer
zu Bette liegen muß und nicht schwer erkrankt, sondern
nur des vollen Gebrauches seiner Kräfte beraubt ist,
der thut gut daran, sich eine regelmäßige Thätigkeit
zu schaffen. Er kann von den Nordpolfahrern lernen,
welche die schreckensvolle Oede der Polarnacht durch
genaue Eintheilung und gewissenhafte Verwendung der

Zeit überstehen. Dabei braucht aber die Thätigkeit just nicht immer etwas Vernünftiges zu sein. Tarock spielen ist auch eine Beschäftigung. Für mein Theil obliege ich ihr mit einem Eifer, den ich bei gesundem Leibe niemals entwickelt habe. Ein andauernd Unpäßlicher nimmt Alles sehr ernst, sogar das Tarock. Einsamen Leuten wird das Unbedeutendste zum Ereignisse, und da man im Krankenbette doch mehr oder minder abgeschnitten ist von der Welt, überlegt man stundenlang die Theorie des „Tappers," dieses edlen Spieles. Nicht nur daß ich Tarock s p i e l e, nein, ich t r ä u m e auch Tarock. In einer der letzten Nächte trank ich Smollis mit dem Herz-Könige, ferner wohnte ich der Trauung des „Sküs" mit jener graziösen Tambourinschlägerin bei, welche eine Halbseite des „Pagat" musicirend einnimmt.

Wenn ich unruhig schlafe, träume ich von fetten, wohlgemästeten „J u d e n" — jeder Tarockspieler versteht mich — ich verschlinge sie, während meine Partner sich ärgern. Aber dann wache ich auf und der „Jude" ist in nichts zerstoben. Ich bin enttäuscht — enttäuscht wie damals, da ich ein Kind noch war und im Traume die schönen Geschichten, die ich tagsüber gelesen, nochmals durchlebte, und zur Nachtzeit aus den Händen der Fee Amarillis eine goldene Krone empfing. Am Morgen suchte ich in meinem Bette die Krone; sie

war so wenig zu finden, wie jetzt der auf dem Wege des
angesagten und siegreich durchgeführten „Pagat Ultimo"
errungene „Jude" zu finden ist. Uebrigens mengt sich
auch „Königrufen," Whist und Bézigue in meine
Träume. Sie haben keine Ahnung, wie gut ich mich
Nachts unterhalte.

Natürlich nimmt die Lectüre einen ersten Rang
ein unter den Vergnügungen, die einem Kranken zu
Gebote stehen. Vor vier Wochen las ich noch Schopenhauer, Montaigne, Young, Leopardi und Calderon,
seit vierzehn Tagen aber ist kein Buch mir zu dumm,
keines leicht genug, ich bin bereits bei alten Nummern
der „Fliegenden Blätter" angelangt, und den „Leder-
strumpf" legte ich neulich weg, weil ich mich nicht
anstrengen mochte.

Meine Taschenuhr liegt zwar auf meinem Nacht-
kästchen, aber ich habe sie seit Menschengedenken nicht
aufgezogen. Wozu auch? Die Zeitabschnitte richten sich
für mich nach den Besuchen des Arztes und nach den
Mahlzeiten. „Kommt der Arzt bald?" „Speisen wir
bald?" Das sind die wichtigsten Fragen, die ich von
meinem Lager aus stelle. Als Kranker lernt man wieder
sich kindisch auf das Essen freuen. Man thut sogar
vorwitzige Fragen danach, was denn auf den Tisch
kommen werde. Am Ende gar ein Backhuhn? Man
beleckt sich die Lippen wie ein Kätzchen und entsagt

vorderhand den Selbstmordgedanken. Und gibt's zum Kaffee Kuchen? — Natürlich. — Was für ein Kuchen?... Dann schämt man sich über solche Fragen und sagt sich selber: „Alter Kerl! hat dich das Leben noch nicht genug gerüttelt und geschüttelt, daß du so sehnsüchtig nach Kuchen fragst!" Aber im Kranken trägt das Kind so leicht den Sieg davon über den Mann. Kaum hat er sich die kleine Strafpredigt gehalten, so quält er seine Umgebung: „Kommt der Arzt noch immer nicht?" Und wie martert er den bedauernswerthen Heilkünstler! Ob das Uebel nicht bis nächsten Sonntag behoben sein könne? ob sich denn nichts Anderes thun lasse als bisher? ob kein neuer Gypsverband nöthig sei? ob dasselbe Uebel bei anderen Leuten kürzer oder länger dauere? Der Arzt entwickelt eine himmlische Geduld. Er gibt die besten Hoffnungen und läßt sich doch in keine Versprechungen ein; er erzählt von Leuten, die mit ähnlichen Uebeln viele, viele Monate zu Bette gelegen seien, während Interpellant keine solche Dauer der Krankheit zu fürchten habe; er erzählt ferner von bösen, bösen Buben, die aus Ungeduld zu früh das Bett verließen und solchen Frevel schwer zu büßen hatten — ein Wink mit dem Zaunpfahle. Nach sechs Wochen Bett ist der Mensch so mürbe, daß das bloße Erscheinen des Arztes ihn beruhigt. Wie gesagt, man scheint ruhig zu liegen und bewegt sich doch, wenn

auch mit Krebsschritten, zurück bis zu der Kindheit
Tagen. Man sieht den Verwandten und intimen
Freunden, welche das Krankenzimmer betreten, neugierig auf Hände und Taschen, ob keine Bonbons,
keine Orangen, keine Näschereien für das schnurrbärtige
Baby bereit gehalten werden. Wenn es an der Woh-
nungsthür läutet, will man genau wissen, wer da war.
Kinder sind eben neugierig. Und heißt es: „Die
Aepfelfrau," so erkundigt man sich dringlichst: „Wie
viele um zehn Kreuzer?" obwohl Einen das absolut
nichts angeht..... Sonst träume ich entweder gar
nicht oder schwer und düster. Ich fliege von einem
Thurme herab oder der Staatsanwalt confiscirt, was
ich geschrieben, und dergleichen mehr. Seit sechs Wochen
sind mir auch die Träume der Kindheit wiedergekommen.
Ich sehe Nachts die herrlichsten Gegenden, breite
Ströme mit üppigen Ufern, hohe, mit Nadelholz be-
standene Berge, lachende Thäler — wenn das so weiter
andauert, träume ich mich im Hochsommer nach Ostende
oder Helgoland von wegen der Nervenstärkung. Das
Träumen ist doch das Beste, was man im Leben hat.
Um das zu wissen, muß man schon schlaflose Nächte
verbracht haben, diese nimmer endenden Nächte, in
denen die Schläge der Thurmuhr Einem haarscharf
in's Gehirn fahren und man, wie der lechzende Hirsch
nach Wasser, aufschreit nach Schlaf.....

Im Laufe der letzten sechs Wochen habe ich im Schlafen und Träumen solch' eine Virtuosität erlangt, daß ich Beides zu jeder Stunde mir erzwingen kann..... Gestern Mittags guckte eine lockende Frühlingssonne zu mir herein, ich sah Alles leuchten und glänzen wie von Gold übergossen. Da wendete ich mich um, ich mochte dem Lenz nicht in die hellen, glücklichen Augen schauen. Es hat nichts Verlockendes, aus dem Kerker in die Freiheit hinauszusehen.... Kaum hatte ich aber dem Frühling den Rücken gekehrt, so träumte ich.... Ich war eine reizend schöne junge Hofdame zu Versailles. Ueberfluthet von einem Spitzen-Négligé lag ich in meinem prunkvollen Bette, überdeckt von einem goldgestickten Baldachin. In der Ruelle zur Seite des breiten Brettes saßen einige meiner Anbeter und redeten so geistreich, daß man jeden Satz hätte drucken können..... Welche Enttäuschung, als ich erwachte!

Gespräche mit einer Frau.

(Personen: Frau v. F., eine Witwe von dreißig Jahren. —
Der Schreiber dieser Zeilen.)

I.

„. . . . Habe ich nicht Recht?"

„Eine schöne Frau hat immer Recht."

„Nein, so entkommen Sie mir nicht. Was ich behaupte, ist entweder falsch oder richtig. Ob ich eine schöne Frau bin oder nicht, hat darauf gar keinen Bezug. Auch bedarf ich keiner Huldigungs=Almosen und mag keine schöne Frau sein in dem Sinne, wie Sie es meinen."

„Also, wenn Sie das vorziehen: Sie sind eine häßliche Frau und haben Unrecht."

(Frau v. F. wirft einen kurzen, fragenden Blick in den Spiegel.)

„Nehmen wir an, daß ich häßlich bin, abschreckend häßlich; aber es handelt sich jetzt nicht darum, sondern um Ihr Urtheil über meine Ansichten."

„Was behaupten Sie denn eigentlich?"

„Ah, das ist nicht übel! Sie hören mir seit einer Stunde zu, und wissen jetzt nicht, wovon die Rede ist?"

„Wenn man so viel zu s c h a u e n hat, kann ein Mensch von nicht ungewöhnlicher physischer Begabung nicht auch h ö r e n."

„So lassen Sie doch endlich mein Gesicht. Ich kann aussehen, so hübsch oder so häßlich, als es mir gerade paßt, das geht Sie gar nichts an. Was ich behauptet habe? Daß man die Frauen verleumdet, wenn man sie eitel schilt. Die Frauen sind gar nicht eitel; sie mögen manche Schwächen haben...."

„Keine Spur!"

„Mit Ihnen ist heute wieder nichts Vernünftiges anzufangen."

„O doch! Lieben Sie mich nur ein ganz klein wenig und Sie sollen sich vom Gegentheile überzeugen."

„Sie bringen mich außer Rand und Band."

„Wenn Sie wüßten, wie gut der Aerger Sie kleidet!"

„Unausstehlicher Mensch!"

„Diese freundliche Anrede ermuthigt mich, Ihnen offen meine Meinung zu sagen. Wenn eine Witwe von dreißig Jahren einem Manne von dreiunddreißig „Unausstehlicher Mensch!" sagt, so heißt das: „Sie sind mir nicht gleichgiltig," und das Uebrige findet sich dann — c'est le premier pas qui coûte."

„Unausstehlicher Mensch!"

„Ich danke Ihnen, meine Gnädige . . . . Um auf unser Gespräch zurückzukommen: Ich habe natürlich nur scherzweise Ihrer Behauptung zugestimmt, daß die Frauen nicht eitel seien. In Wirklichkeit ist das weibliche Geschlecht die verfassungsmäßige Repräsentanz der Eitelkeit, und gerade die gescheidtesten Frauen — anstatt hievon ausgeschlossen zu sein — sitzen in der Pairskammer, während die anderen das Unterhaus bilden in dieser Repräsentanz. Keine ist frei von dem Uebel, keine, am allerwenigsten Diejenige, die davon frei zu sein glaubt."

„Nennen wir die Dinge beim richtigen Namen. König Salomon der Weise . . . Sie nennen ihn doch den Weisen?"

„Ihr Glaube, Sir, ist auch der meine."

„König Salomon behauptet: „Alles ist eitel." A la bonne heure! Stellen Sie sich auf den salo-monischen Standpunkt und sprechen den Satz aus: Alles, der Mensch überhaupt, also Männlein in gleichem Maße wie Weiblein, sei eitel, dann stimme ich Ihnen bei. Wir Alle leiden an diesem Erbübel der ganzen Menschheit — wir Frauen wie ihr Männer. Obzwar wir in der Eitelkeit nicht so derb sind wie ihr. Sie wissen ja, wie Lessing seinen Odoardo Galotti zur Claudia sagen läßt: „Das Weib wollte die Natur zu ihrem Meisterstücke machen. Aber sie vergriff sich im Thon; sie nahm ihn zu fein. Sonst ist Alles besser an euch als an uns." Der kluge Gotthold Ephraim verkündete mit diesen Worten nur die pure Wahrheit."

„Gewiß. Aber Sie werden doch nicht behaupten wollen, daß wir Männer eitler seien als die Frauen, ja, daß wir auch nur ebenso eitel wie die Frauen oder eitel überhaupt seien."

„Ich bin so frei. Ich trete als Anklägerin auf im Namen der Frauen und schleudere euch Männern den Vorwurf in's Gesicht: Ihr werdet nicht müde, uns Frauen der maßlosen Eitelkeit zu beschuldigen, um die Welt darüber zu täuschen, wie es um eure Eitelkeit bestellt ist. Ihr seid ärger, als wir, ihr seid eitel, eitel, eitel!"

„Sie haben da als Anklägerin einen schweren Stand, und kein Gerichtshof der Welt wird Ihnen beistimmen."

„Ich wette mit Ihnen, ich bringe Sie, wenn Sie aufrichtig sind, so weit, daß Sie sich und die ganze Mannheit schuldig bekennen und jedes, auch das härteste Urtheil über sich ergehen lassen."

„Da möchte ich denn doch . . ."

„Nur ruhig. Denken Sie sich in die Rolle eines Zeugen hinein. Ich bin die Gerichtsperson, die Sie vernimmt."

„Ich bin es zufrieden."

„Vor Allem habe ich Sie aufmerksam zu machen, daß Sie verpflichtet sind, die Wahrheit und nichts als die Wahrheit auszusagen, ohne Gunst und ohne Haß. Wenn Sie eine Lüge vorbringen, begehen Sie ein schweres Verbrechen. Sie laufen Gefahr, bei Wasser und Brot eingesperrt, ja gefesselt zu werden."

„Bin ich das nicht schon für alle Zeit meines Lebens?"

„Sie haben nur zu antworten, wenn Sie gefragt werden."

„Ist denn Liebe ein Verbrechen?"

„Das gehört nicht zur Sache. Wir haben jetzt zu untersuchen, ob die Männer eitel sind oder nicht. Ziehen Sie es vor, über einzelne Punkte Auskunft zu geben und mit einer zusammenhängenden Darstellung zu erwidern? Ganz nach Ihrem Belieben."

„Ich bitte, mich zu befragen; dabei höre ich Sie sprechen, profitire also jedenfalls etwas."

„Wie Sie wollen. Setzen Sie sich dort auf den rothen Fauteuil ... nein, auf den anderen. So! Nun bekennen Sie mir offen: Wie oft waren Sie verliebt?"

„Das ist kein Verhör, sondern eine Beichte."

„So nehmen Sie mich zum Beichtvater."

„Wenn ich sicher wäre, daß Sie mir im voraus Absolution ertheilen für alle Sünden, die ich begehen w e r d e .."

„Vergessen Sie nicht die Würde dieses Ortes. Antworten Sie ernsthaft und gemessen: Wie oft waren Sie verliebt?"

„Nie so heftig wie derzeit."

„Das ist keine Antwort."

„Ziffermäßig wüßte ich das im Augenblicke nicht zu sagen."

„Qui tacet consentire videtur — so heißt es doch? Ihr Stillschweigen ist auch ein Geständniß, es bedeutet: mindestens ein dutzendmal."

„O, Sie sind zu gütig!"

„Schweigen Sie! Ich möchte von Ihnen Einiges darüber hören, wie Sie sich vom Jünglingsalter an Ihre Stellung zu den Frauen gedacht und wie diese Stellung sich in Wirklichkeit gestaltet. Haben Sie Enttäuschungen erlebt oder sind Ihre Hoffnungen übertroffen worden? Blicken Sie mit Genugthuung auf Ihre Erfolge bei dem weiblichen Geschlechte zurück oder haben Sie Ursache, sich über das Scheitern süßer Pläne zu beklagen?"

„Ich möchte mich der Aussage lieber entschlagen."

„Das geht nicht. Ich werde Sie beeiden. Aber wie? Ihnen ist ja nichts heilig!"

„O, Sie thun mir Unrecht. Lassen Sie mich die Schwurfinger der rechten Hand auf Ihr Herz legen...."

9*

„Ich erlasse Ihnen die Beeidigung. Sie geben mir die Hand . . ."

„Für immer, wenn Sie wollen."

„Berauben Sie sich nicht . . . . Sie geben mir die Hand an Stelle eines Schwures."

„Hier ist sie."

„Genug, genug . . . Erzählen Sie also, als schrieben Sie ein Bekenntniß unter dem Titel: „Die Frauen und ich . . .""

„Zum erstenmale war ich im Alter von dreizehn Jahren verliebt, aber wirklich verliebt. Wenn ich das Mädchen meiner Wahl — es war um drei Jahre älter als ich — erblickte, taumelte ich vor Entzücken; fast ein Kind noch, machte ich alle Schauer und alle Wonnen der Liebesraserei durch, und dabei welche Reinheit der Empfindungen! Ich dachte nicht im Traume daran, daß dieser Mund, daß auch nur diese Hand gemacht sei, um geküßt zu werden. Was ich wollte, ich weiß es nicht. Daß Henriette mich nicht wieder lieben könne, das kam mir gar nicht in den Sinn. In der That erwiderte sie meine Neigung. Ihr Blick, ihr Lächeln verriethen es mir. Ich fand solche Erwiderung natürlich. Aber die Herrlichkeit sollte nicht lange dauern. Die Nachricht, daß Henriette sich verlobt habe, traf mich eines Tages wie ein Blitzschlag. Ich konnte nicht daran glauben, bis Henriette selbst diese Neuigkeit bestätigte. Als ich den Versuch unternahm, ihr über ihre Treulosigkeit verblümte Vorwürfe zu machen, war sie nicht niedergeschmettert, sondern sah mich mit spöttischem Lächeln an und begnügte sich zu sagen: „Thörichtes Kind!" Damals empfand ich den ersten großen Schmerz, damals lernte ich zum erstenmale den Wankelmuth des weiblichen Charakters kennen. Ich wurde Misogyn... Ich wich einige Jahre den Frauen aus. Erregte eine von ihnen mein Wohlgefallen, so sagte ich mir: „Sei stark, begib dich nicht wieder in dieses heillose Netz, in dem du schon einmal gefangen warst." Ich wandte mich ab, ging nach Hause und las in Schopenhauer's „Parerga und Paralipomena" das Capitel über die Weiber. Was der Weise von Frankfurt da ausspricht, spann ich weiter, und im Alter von achtzehn Jahren galt ich in einem kleinen Kreise als einer der feinsten und intimsten Frauenkenner auf weit und breit. Ehe ein Studiencollege den Entschluß faßte, sich in ein Mädchen zu verlieben, zeigte er mir dasselbe auf der Promenade, und aus der bloßen Erscheinung schöpfte ich die Diagnose auf Charakter, Seele, Geist, Vorzüge und Fehler."

„Haben Sie sich in der Diagnose nie geirrt?"

„Manchmal."

„Fahren Sie fort."

„Ich mied persönlich die wirklichen, lebendigen Frauen, dafür beschäftigte mich das Ideal-Weib, wie ich es mir construirte; eine neue Laura, vor der ich entgeistert stehen könne, wenn ihr Finger durch die Saiten meistert, eine Muse, eine Dichterbraut, hoch über der Erde schwebend, frei von irdischen Schwächen, die Blume der Schöpfung, aufbewahrt und aufgespart, um mich zu beglücken. Sie sollte mich begeistern, ich wollte dafür die Gebilde meiner Poesie ihr zu Füßen legen. Einen Seelenbund wollte ich mit ihr schließen, wie er noch niemals dagewesen, so rein, so hehr, so makellos. Wo ich sie finden, wo ich sie suchen sollte? Darüber dachte ich nicht nach. Eines Tages — deß' war ich sicher — müßte die Thür sich öffnen und sie eintreten, die Erwartete. Wenn ich Schritte auf der Treppe hörte, meinte ich oft, sie käme endlich; ich war arg enttäuscht, wenn der Schneider prosaisch mahnen kam ... Sie lächeln spöttisch, gnädige Frau, Sie er- rathen es: Laura ist nie gekommen. Es gab keine großen, keine erhabenen Frauen mehr. Die Jagd nach dem Ideal war vergeblich ... Wenn Sie wüßten, was wir jungen Leute uns damals vom Leben ver- sprachen! Ein Goethe wollte der Eine, der Andere ein Napoleon werden. Wir theilten unter einander die Erde und allen Ruhm, der auf ihr zu finden. Wir pränumerirten uns auf Ehre, Größe, Glanz, kein Ziel

erschien uns unerreichbar. Auch Sybariten in spe
waren unter uns. Mein Freund Heinrich nahm sich
vor, von seinem dreißigsten Lebensjahre an täglich
Champagner zu trinken. Er ist jetzt Postbeamter und
hat sechs lebendige Kinder; des Abends geht er drei=
hundertfünfundsechzigmal jährlich — im Schaltjahre
sogar um einmal mehr — in's Wirthshaus, wo er
zwei Glas Bier trinkt, und vergönnt er sich ein drittes
und kommt in Folge dessen später als sonst nach Hause,
so erwartet ihn eine Gardinenpredigt schwersten Cali=
bers . . . Der Aspirant auf Napoleon's Ruhm liegt
als Oberlieutenant in einer Garnison in Siebenbürgen,
und unser Dichter, dem wir Monumente aus Erz
und Marmor voraussagten, gibt ein kleines Wochen=
blatt für Handels=Interessen heraus."

„Sie sind von der Sache abgekommen."

„Verzeihen Sie. Ich wollte nur darauf hinweisen,
wie viele Illusionen ein Mann im Laufe der Zeit
begraben muß. Entmuthigt gab ich es auf, mein Ideal=
Weib zu finden. Laura war abgethan... Bald kam
eine andere Schöpfung meiner Phantasie an die Reihe:
das Mädchen aus vornehmer Familie, das Reichthum,
Rang, Wohlleben, Zukunft, Alles, Alles von sich wirft,
um dem geliebten Manne hochbeglückt in Armuth und
Elend zu folgen. Ich spähte sehnsüchtig nach der Ba=
ronesse aus — von Adel mußte sie sein! — die durch=

aus mit mir hungern wollte. Wie stellte ich mir das
reizend vor! Als Frühstück ein Kuß, als Mittagessen
ein Sonnenstrahl, als Abendbrot ein bischen Monden-
schein, das Alles in einer kleinen Hütte, in der Raum
genug ist für ein glücklich liebend Paar.

Auch sie wollte durchaus nicht erscheinen.

Wohl lernte ich Töchter aus guten Häusern kennen,
aber wenn ich ihnen die Reize der Armuth schilderte,
sahen sie mich verwundert an und verstanden mich
nicht. Eines Tages war es auch mit dieser Täuschung
vorbei. Mein Glaube an das weibliche Geschlecht wurde
immer schwächer, und ich hätte ihn ganz verloren, wenn
nicht ein neuer Frauentypus mir als begehrenswerth
gewinkt hätte. Ich hatte in Romanen von russischen
Fürstinnen, von capriziösen Tragödinnen gelesen, die
einen jungen, unbekannten Menschen mit der reichen
Fülle ihrer leidenschaftlichen Liebe beglückten. Jeden
Augenblick war ich darauf gefaßt, dieser Figur zu
begegnen: im Eisenbahn-Coupé, im Theater, auf der
Straße. Jetzt und jetzt meinte ich den Augenblick des
Glückes gekommen, und ohne zu zaudern, hätte ich
gesagt: „Prinzessin, ich bin der Ihrige." Ich sah
mich beneidet von Tausenden. Ich sah mich mit meiner
Fürstin in einem märchenhaft schönen Schlosse am
Comosee die lauen Winterabende verträumen — der
Fürst, ihr Gatte, war gestorben oder lebte in irgend

einem Winkel Kaukasiens. Ein andermal versetzte
ich mich — Alles natürlich nur in Gedanken — in
das Ankleidezimmer der gefeierten Phädra und thronte
in den Zwischenacten als Gebieter der Vielumworbenen,
indessen junge Diplomaten und Cavaliere ihr huldigten.
Nach und nach stieg ich die Stufenleiter herab; die
Fürstenkrone war nicht mehr unumgänglich nothwendig,
statt der Phädra durfte es eine Lustspiel = Liebhaberin
sein. Fort und fort lebte ich in Erwartung eines
Sieges ohne Kampf, einer Errungenschaft, die mir in
den Schooß fallen sollte. Sah ich im Theater eine
Dame, die mir angenehm auffiel, so sagte ich mir:
„Vielleicht ist sie es." Brachte der Postbote Briefe,
so hoffte ich: „Vielleicht schreibt sie mir." Dabei
that ich nie etwas dazu, um sie zu finden und zu
erringen. — Das Glück sollte plötzlich, unvermuthet
über mich hereinbrechen... Heute lächle ich darüber;
ich bin ernster geworden, möchte Liebe für Liebe er=
werben und denke nicht mehr an die russische Fürstin
und an Phädra."

„Wäre in Ihrem Alter auch sehr lächerlich."

„Die Thorheiten sind abgeschlossen."

„Aber Sie haben sie durchgemacht?"

„Allerdings."

„Und Sie stehen damit nicht vereinzelt da?"

„Ich glaube, daß die Mehrzahl der Männer in einer bestimmten Lebensphase ihnen nicht entgeht."

„Sie haben mir Alles gesagt, was ich zu wissen brauchte, um...."

„Um...."

„Um ein Urtheil zu fällen. Die Frage ist entschieden: Ihr Männer seid noch eitler, als wir Frauen. Das haben Ihre Geständnisse mir deutlich bewiesen."

„Ich gebe das nicht zu."

„Das ändert nichts an den Thatsachen."

„Nun meinetwegen. Sie mögen Recht haben. Ich opfere Ihnen die Gesammtheit. Sollen die übrigen Männer sich ihr Recht suchen, ich stehe hier für mich. Ich persönlich erwarte seit Monaten einen Urtheilsspruch von Ihnen. Wie lautet er?"

„Die Verkündigung wird bis auf Weiteres vertagt."

„Ich appellire."

„Lächerlich! An wen?"

„An wen? In der That.... ich bin in Verlegenheit. Es gibt für einen Mann keine höhere Instanz als die Frau, die er liebt."

II.

„Meine Gnädige, Sie imputiren uns Männern sämmtliche Fehler und Laster...."

„Keine Laster, nur Untugenden."

„Ich denke, das kommt auf Eins hinaus."

„Nicht doch; eine Untugend kann man verzeihen, ein Laster niemals."

„Nun, Sie sollen Recht haben. Sie schreiben uns Männern also sämmtliche Fehler und Untugenden zu, die überhaupt existiren. Sie machen Jeden von uns zu einem Conglomerat der unerträglichsten Eigenschaften. Wer Ihnen zuhört, begreift kaum, wie ein weibliches Wesen den Entschluß fassen kann, sich an einen Mann zu binden. Die Erfahrung lehrt aber, daß dieser Entschluß viel öfter gefaßt wird, als sich Gelegenheit zu einer Realisirung findet."

„Darauf braucht ihr Männer euch wahrlich nichts einzubilden. Würden manche sociale Verhältnisse sich ändern, so solltet ihr zu eurem Erstaunen plötzlich erfahren, daß wir ohne euch bestehen können. Sorgt dafür, daß die Frauen nicht in Folge einer verkehrten Erziehung unselbstständig, hilflos auf die Stütze des männlichen Armes angewiesen seien, haltet sie nicht unter Aufsicht und Bevormundung wie die Zuckerplantagen-Besitzer ihre schwarzen Sclaven.

„Entschuldigen Sie, aber dieser Vergleich ist John Stuart Mill's Eigenthum."

„Unausstehlicher Mensch! Ich wollte eben Mill als meinen Gewährsmann nennen. Sie fallen Einem in's Wort, wenn Sie in Ihrer Schadenfreude vermeinen, eine Frau durch irgend eine Bosheit ärgern zu können. Mich ärgern Sie nicht, mein Wort darauf."

„Ihr Wort? Dann muß ich Ihnen glauben. Und da Sie schon einmal im Begriffe sind, sich über mich nicht zu ärgern, gestatten Sie mir die Bemerkung, daß ich nach einigem Nachdenken einsehe, wie Recht Sie haben. Sie selbst illustriren am besten die Behauptung, daß das weibliche Geschlecht unter' dem Drucke der Sclaverei seufze. Wie geknechtet verbringen Sie Ihr Leben! Vom frühen Morgen bis zum späten Abend müssen Sie Bedauernswerthe sich von Ihren Verehrern sagen lassen, daß Sie schön, geistreich und liebenswürdig sind. Sie ertragen diese Demüthigung nur mit Ingrimm — mit stillem Ingrimm — Sie möchten mit Nachdruck dagegen protestiren, aber Sie thun es nicht, weil Sie sich sagen: Eine Sclavin muß schweigen, ihr Sprechen hat keinen Zweck, keine Wirkung. So ertragen Sie resignirt das traurige Schicksal, eine Reihe von ausgezeichneten Männern schmachtend und girrend zu Ihren Füßen zu sehen — mein Beileid, mein tiefstes Beileid, hochverehrte Sclavin. Nicht nur die Gegenwart, auch Vergangenheit und Zukunft scheinen bestimmt zu sein, Ihnen Ihr herzzerreißendes Sklavenlos schwer fühlbar zu machen. Ihr verstorbener Gatte trug Sie auf den Händen; er, nach außen ein starker, willenskräftiger Mann, war Ihnen gegenüber schwach wie ein Kind. Sie regierten ihn als kleine Despotin und lernten ganz und gar vergessen, daß es in der Welt einmal n i c h t nach Ihrem allerhöchsten Willen, n i c h t nach Ihrem reizenden Köpfchen hergehen könne. Wenn Sie ein zweitesmal einen Ehebund eingehen, dann werden Sie sich Ihr Heim wohl wieder auto= kratisch einrichten. Ich sehe schon im voraus, wie Sie ein zweitesmal das Sklavengeschick hinnehmen müssen, einen Gatten als gefügiges Spielzeug in Ihren kleinen, weißen Händen zu sehen."

„Sind Sie denn so sicher, daß ich überhaupt einen zweiten Gatten nehmen werde?"

„Ich hoffe es wenigstens."

„Vielleicht irren Sie sich .. Aber um auf Ihre ironischen Bemerkungen zurückzukommen: Sie ver= schaffen sich einen billigen Sieg, wenn Sie die Situa= tion einer einzelnen Frau dazu benützen, sich über Erfahrungen lustig zu machen, die aus den Schicksalen der Majorität des weiblichen Geschlechtes gezogen sind. Betrachten Sie nicht m i ch."

„Das thue ich aber gerade so gern."

„Ich werde dem Stubenmädchen läuten und Ihnen leuchten lassen."

„Das thun die Damen nur im Luftspiele; im wirklichen Leben läuten die Damen in gefährlichen Situationen niemals."

„Nun bilden Sie sich wieder Gefährlichkeit ein! Ihr Männer seid doch ein wunderliches Geschlecht. Ich fürchte mich nicht vor Ihnen, aber ich möchte Sie los sein, weil Sie sich so unvernünftig geberden. Sie lassen einen nicht einmal ausreden... Ich wollte wollte vorhin sagen, Sie sollten mich nicht betrachten, die ich vielleicht vom Schicksal manche Begünstigung erfahren. Blicken Sie ernsthaft um sich und Sie sehen unzählige Frauen in wirklicher Sclaverei: gefesselt an einen ungeliebten Mann, die Ketten einer lästigen Ehe mit stiller Verzweiflung schleppend, erdrückt von dem traurigen Bewußtsein, die Pforten des Kerkers nicht sprengen zu dürfen, weil draußen ihrer nicht Erlösung und Freiheit harren, sondern Elend, Verzweiflung, Vereinsamung, vielleicht — der Hunger."

„Was sollen wir Männer thun?"

„Freiwillig eines Theiles eurer usurpirten Oberherrschaft euch entäußern, indem ihr die Stellung der Frauen reformirt. Die Gesetze müßt ihr verbessern, alle socialen Einrichtungen verändern, die Hörigkeit der Frau abschaffen..."

„Hörigkeit der Frau, schon wieder John Stuart Mill..."

„Nun, meinetwegen; ich brauche mich dieser Quelle nicht zu schämen. Macht nur erst die Frau unabhängig von euch, und ihr sollt sehen, daß sie unabhängig sein will. Aber Herrschsucht, Intoleranz, Unbilligkeit hindern euch daran, eure Fehler und Untugenden trüben euren Blick für das, was ihr dem weiblichen Geschlechte schuldig seid."

„Ich würde Ihnen gern dienen, meine Gnädige, aber beim besten Willen kann ich die Welt nicht reformiren. Sie müssen mir darüber nicht böse sein."

„Wenn nur Jeder von euch damit beginnen wollte, sich selbst zu bessern! Das übrige würde sich finden. Sie sehen, wir Frauen sind anders als ihr. Vor Allem sind wir..."

„Schöner und graziöser."

„Ach, das ist Nebensache. Aber wir sind weniger egoistisch als ihr. Wie oft hörte ich den Frauen den Vorwurf machen, sie schwingen sich zu keinem allgemeinen Standpunkte auf, beurtheilen Alles nur nach dem Maßstabe ihrer eigenen Persönlichkeit. Nichts falscher als das! Ich für mein Theil habe keinen Grund, mich über die Männer zu beklagen, und doch kann ich es ihnen nicht verzeihen, welche Stellung sie den Frauen überhaupt auferlegt haben."

„Sie sind eine Ausnahme."

„Durchaus nicht. Ich habe es nur verstanden, mir einen freien Blick zu wahren. Daß ich nicht „hörig" geworden, täuscht mich nicht darüber, daß viele andere Frauen es sind. Ich sehe mit Schaudern, wie viele liebenswerthe, eines bessern Schicksals würdige Mädchen mit innerem Widerstreben, durch äußere Umstände gezwungen, sich dem nächstbesten Manne für zeitlebens an den Hals werfen müssen; ich sehe das, trotzdem es das Schicksal mit mir besser gemeint hat."

„Nennen Sie sich gar nicht in Einem Athem mit jenen Unglücklichen! Ihnen steht die Wahl offen unter sämmtlichen unverheiratheten Männern der Welt, weß' Standes und Ranges sie auch seien, und ge- hörte bei uns die Polygamie nicht zu den verbotenen Früchten, so stünden auch sämmtliche verheirathete Männer blindlings zu Ihrer Verfügung. Sie können auswählen unter Künstlern, Dichtern..."

„Nur mit diesen kommen Sie mir nicht!"

„Warum? Können Sie sich etwas Schöneres vorstellen, als an der Seite eines Poeten zu leben?"

„O ja: seine Gedichte zu lesen, ihm hie und da in Gesellschaft zu begegnen, aber verehelicht zu sein mit einem Manne, der nicht auf Unsterblichkeit rechnet und sich in Folge dessen bemüht, auf Erden angenehm, erträglich, liebevoll zu sein."

„Sie stürzen da mit diesen Worten ein ganzes Gebäude wohlaccreditirter Ansichten um."

„Daran liegt nichts. O, ich hatte auch meine Zeit, es war die Backfisch = Epoche, als ich es mir unsäglich beglückend darstellte, die Lebensgefährtin eines Musensohnes zu sein. Er schaffend, ich ihn begeisternd — ich schwelgte im voraus im Genusse eines solchen Zusammenlebens. Seither habe ich leider zu viele berühmte Leute in der Nähe kennen gelernt, als daß ich von dieser Schwärmerei nicht hätte zurück= kommen sollen. Könnte ich das Leben noch einmal anfangen, so würde ich den Celebritäten immer so weit als möglich vom Leibe bleiben — nur so wahrt man die Illusionen, die man sich zu ihren Gunsten gemacht. Ihr Männer seid immer um Vieles klein= licher, als die weibliche Phantasie sich euer Wesen vorstellt; am meisten trifft dies aber bei den berühmten Männern zu, denn von ihnen erwartet ein Mädchen= herz noch mehr als von den übrigen. Die Männer sind Egoisten; Künstler und Dichter unter ihnen sind es doppelt. Sie vergöttern nur sich selbst, hegen und pflegen ihre liebe Eitelkeit, damit sie sich stattlich entwickele, thronen als Götzen und betrachten die Frau als einen Factor mehr, der sie anzubeten verpflichtet ist."

„Wessen Gattin möchten Sie also sein? Eines Strumpfwirkers etwa?"

„Nennen Sie mich beschränkt, schwunglos, wie Sie wollen, aber lassen Sie mich offen gestehen: Ich hätte nicht die Gattin Heinrich Heine's sein mögen, lieber diejenige eines hochgebildeten, warm empfindenden Kaufmannes, dessen Herz ich ganz und gar ausgefüllt hätte."

„Nicht die Gattin des Dichters, der eines Tages Ihnen früher als sonst Jemandem entzückende Verse vorgelesen hätte, wie:

> „Die schlanke Wasserlilje
> Schaut träumend empor aus dem See."

oder

> „Täglich ging die wunderschöne
> Sultanstochter auf und nieder?"

„Diese Verse sind ebenso entzückend, wenn Andere vor Einem sie gekannt und sich an ihnen erfreut haben. Auch kann ein Poet Einem nicht den ganzen Tag Gedichte vorlesen, und ich habe die schreckliche Entdeckung gemacht, daß Berühmtheiten im täglichen Umgange oft unerträglich und sogar, verzeihen Sie das harte Wort, langweilig sind. Was hat man Heinrich Heine's Witwe verschimpft! Die arme Mathilde konnte die deutschen Gedichte ihres Mannes nicht lesen, und im Uebrigen sah sie einen dahinsiechenden Menschen, einen lebendigen Leichnam, und sie hätte sich glücklich und stolz fühlen sollen! Ich möchte Einen von euch in solcher Situation sehen, ob

ihr die Seelengröße hättet, die man von einer un=
gebildeten, lebenslustigen Pariserin da verlangt hat.
Verheirathet einmal einen deutschen Mann, der des
Chinesischen nicht mächtig ist, mit einer kranken Chinesin,
die in ihrer Muttersprache die wunderbarsten Gedichte
macht, und seht dann zu, ob er sich anders betragen
wird als Mathilde Heine!"

„Sie reden dem Philisterthume das Wort."

„Im Gegentheile. Glauben Sie mir, daß Nie=
mand von den Gattinnen mehr Philisterthum fordert
als Dichter und Künstler; sie begehren bedingungslose
Bewunderung der vom Herrn und Gebieter producirten
Trauerspiele oder Novellen oder Gemälde, dann aber,
wenn dieser Tribut gezollt ist, weiters mit aller Un=
erbittlichkeit, daß die Suppe nicht um ein Atom Salz
zu viel enthalte, daß an der Wäsche kein Knöpfchen
beschädigt sei — so peinlich wie irgend ein Specerei=
waarenhändler und sogar noch etwas peinlicher. Was
in Büchern gefaselt wird von den mitstrebenden, an
dem hohen Berufe theilnehmenden Frauen, das ist in
den meisten Fällen eitel Geflunker. Die Dichter und
Künstler wollen gar keine Mitstrebenden und keine
Theilnehmenden, sie heirathen entweder, um Geld zu
bekommen oder um sich anbeten zu lassen, oder um
ihre Hauswirthschaft in sichere, verläßliche Hände zu
legen. Bedeutende Männer vertragen keine bedeutende

10*

Frau. Ich habe nie darüber gestaunt, daß Alfred de Musset und die George Sand sich so rasch zerzankten."

„Die Schuld lag an der George Sand."

„Das ist möglich. Es ändert nichts an der Erfahrung, daß die großen Dichter und Künstler kleine, gutmüthige Alltags = Frauen brauchen, um sich wohl zu fühlen. Goethe wäre mit einer anderen Gattin als mit Christiane Vulpius nicht ausgekommen."

„Sie werden mir aber zugeben, daß auch die von Ihnen so sehr gehaßten Dichter und Künstler nicht selten von verständnißlosen Frauen unglücklich gemacht werden."

„Gewiß gebe ich das zu. Nur erleichtern die also Geplagten ihr Herz, indem sie ihr persönliches Malheur zu künstlerischen Zwecken verwenden. Für Lord Byron als Dichter bedeutete es Glück, daß er in der Ehe unglücklich war..."

„Sie wollen durchaus nicht gerecht sein, Sie wollen es nicht Wort haben, daß Frauen das Leben bedeutender Männer vergiftet und vergällt haben. Mir thut das Herz wehe, wenn ich z. B. daran denke, wie die Ehe des großen David Friedrich Strauß mit der Sängerin Auguste Schebest ausgefallen. Sie dauerte bis zur Trennung fünf Jahre, und während dieser Zeit lag Strauß — er selbst drückte sich so aus — „alle Wissenschaft, alles Geistesleben so fern wie dem Schiffbrüchigen die Bewirthschaftung seiner Güter auf dem Lande."

„Das ist schrecklich, aber wenn man der theologische Forscher David Friedrich Strauß ist, darf man nicht eine Sängerin zur Frau nehmen. Die Schuld liegt da wieder einmal am männlichen Theile. Wer sich über Jesus Christus so klar wird wie Strauß, der sollte es sich vor Allem über sich selber sein."

„Mit Einem Worte: die Frauen sind Engel, die Männer Teufel?"

„Das behaupte ich nicht. Ich vertheidige nur die Ansicht, daß das Eheglück im Sonnenglanze der Berühmtheit nicht immer am besten gedeiht. Einen großen Dichter soll man bewundern, aber nicht heirathen. Einer meiner Lieblings = Autoren, Alphonse Daudet — zum Manne möchte ich auch ihn nicht — hat ein reizendes Buch geschrieben: „Les femmes d'artistes." Darin beweist er, daß Künstler (diese Bezeichnung im weitesten Sinne genommen) überhaupt nicht heiraten sollen; denn entweder verstehen sie ihre Frauen nicht oder ihre Frauen verstehen sie nicht. Er erzählt da auch von einem Sänger und einer Sängerin, die einander heirathen; der Mann wird eifersüchtig... nicht etwa auf die Frau, sondern auf den Ruhm der Frau, und läßt sie eines Abends auszischen...."

„Das kommt in der Wirklichkeit nicht vor."

„Vielleicht doch. Aber auf alle Fälle ergibt sich für uns Frauen die Lehre: Heirathet keine Poeten, keine Musiker, keine Maler e tutti quanti."

„Sie haben nicht so Unrecht, meine Gnädige."

„Das sagen Sie und sagen es mir?"

„Warum sollte ich nicht?"

„Weil Sie doch selbst ein Dichter sind."

„Pardon! Ich bin kein Dichter; ich habe Gedichte blos veröffentlicht, aber es hat Niemand sie gekauft, sie dürfen mithin — wie die Diplomaten sich aus- drücken — als non avenus betrachtet werden."

„Das ist natürlich ein Milderungsgrund."

„Den Sie gelten lassen?"

„Den ich gelten lasse."

Clichés.

Was ein Cliché ist, weiß wohl Jedermann. Um einen Holzschnitt, einen für den Druck bestimmten Letternsatz für rasche und billige Vervielfältigung einzurichten, wird vom Holzschnitte, vom Letternsatze ein Abklatsch gemacht; das kann auf mancherlei Art geschehen, aber das Resultat bleibt immer dasselbe: Zeichnung oder Satz werden stereotypirt und, ohne daß man das Original zu benützen braucht, in erdenklichst großem Quantum wiedergegeben. Diese Procedur, welche dem Handwerke, aber nicht der Kunst angehört, ist längst vom mechanischen auf geistiges Gebiet übertragen worden. In öffentlichen Reden und in öffentlichen Schriften tauchen unzählige Clichés auf. Irgend Jemand sagt oder schreibt zu irgend einer Zeit eine Phrase zum erstenmale. Conversation und Schriftthum beeilen sich, die Phrase zu stereotypiren, und nun verfolgt diese die Hörer und die Leser mit unerbittlicher Hartnäckigkeit, mit unbegrenzter Zudringlichkeit. Man verwechsle das Cliché nicht mit dem „geflügelten Worte." Büchmann für die Deutschen, Fournier für die Franzosen haben mit Clichés nichts zu thun. Das „geflügelte Wort" entstammt nachweislich einer nennbaren Quelle. Das Cliché kommt, Niemand weiß: woher? Das „geflügelte Wort" will etwas Bestimmtes ausdrücken, will meistens einem allgemein verbreiteten Gedanken eine speciell gewählte Form verleihen. Das Cliché hat den Zweck, den Mangel an Gedanken zu verbergen. „Und wo Begriffe fehlen, da stellt zur rechten Zeit ein Wort sich ein."

Das „geflügelte Wort" lebt durch die Jahrhunderte, weil es in bezeichnendster Weise ausdrückt, was Hunderttausenden nur unklar und verschwommen vorgeschwebt, wofür Hunderttausende vergebens nach der prägnanten sprachlichen Bezeichnung gesucht, bis der bevorzugte Geist gleichsam spielend fand, was Andere nicht mit heißestem Bemühen erringen konnten. Das Cliché verdankt seine Langlebigkeit der Gedankenträgheit der großen Masse, überdies aber der Macht der Gewohnheit, welche stärker ist als die bessere Einsicht, als die Stimme des Geschmackes, als die geistige Selbstständigkeit vieler Individuen. Die deutsche Sprache besitzt nicht so viele Clichés wie die französische. Letztere neigt in Folge ihrer Structur zur leicht zu stereotypirenden Phrase besonders hin, und die Melodie,

in welche jeder französische Redner verfällt, trägt dazu
bei, manchen Wendungen einen unverdient langen
Bestand zu geben. Gewisse französische Clichés werden
immer in einem gewissen sich gleich bleibenden Ton-
falle vorgebracht. „Nos institutions que l'Europe nous
envie," wird ein Redner so recitiren wie der andere,
gleichwie jeder sich hüten wird, anstatt „la noble France"
etwa blos „la France" zu sagen … In den Landen
deutscher Sprache ist öffentliches Rednerthum nicht alt
und nicht ausgebildet genug, um über einen so großen
Vorrath an Clichés zu gebieten wie das französische
Parlament. Dagegen hat die Presse auch bei uns
in verhältnißmäßig kurzer Zeit eine Fülle von Gemein-
plätzen gezeitigt, die wir nimmermehr zu bannen vermögen. Ein unparteiischer Geschichtsschreiber des Jour-
nalwesens wird einst erörtern müssen, wie die Zeitungen
einerseits in nicht genug zu dankender Weise für
Popularisirung von Kenntnissen gewirkt, welche sonst
unzähligen Menschen wären verschlossen geblieben,
andererseits aber zum Verderb der deutschen Sprache
unwillkürlich beigetragen haben. An einer entschul-
digenden Erklärung fehlt es allerdings nicht. Die Hast
der Arbeit, der Andrang des Materials, welches be-
wältigt sein will, lassen den Gebrauch vorhandener,
fertiger Phrasen oft erwünscht erscheinen, auch wenn
sie dem Genius der Sprache zuwiderlaufen. Zum

Zwecke der Arbeitserleichterung wird das Cliché ver=
wendet — was Wunder, daß es sich ausnimmt wie
die nicht nach Maß gemachten, sondern fertig gekauften
Kleider, die Einem zu eng oder zu weit, zu lang oder
zu kurz sind. Und es muß doch das Ideal des schrei=
benden Menschen sein, aus seiner eigenen Flasche zu
trinken! Goethe hat sich sein Deutsch selber geschaffen.

Um das Wesen der Clichés zu erfassen, brauchen
wir nur etliche von ihnen zu betrachten — gleichviel
ob gedruckte, geschriebene oder gesprochene. Ich denke
dabei nur an einzelne Wendungen und sehe ganz von
räumlich längeren Clichés ab, die alljährlich zu be=
stimmter Zeit wiederkehren wie die Notizen über den
ersten Maikäfer, den Mann mit der Gabel
im Magen und den Haifisch bei Triest. Jene
Wendungen drängen sich Einem auf sowohl im ge=
wöhnlichen Leben wie in den Spalten der Zeitungen.
Noch selten ist in Wien ein halbwegs bekannter Mensch
über fünfzig Jahre alt gestorben, ohne daß man zu
lesen bekommen hätte: „Wieder ist ein Stück Alt=
Wien zu Grabe getragen worden.“ Nie stirbt
eine öffentliche Persönlichkeit — und wäre sie neunzig
Jahre alt geworden und seit dreißig Jahren gehirn=
weich gewesen — von der man nicht versicherte, sie
sei uns „zu früh entrissen“ worden. Ebensowenig
ist die Versicherung zu umgehen, daß „der Todte

ewig im Andenken seiner Freunde fort=
leben" wird. In der Umgangssprache gibt es Cliché's,
deren man sich mit völliger Gedankenlosigkeit bedient.
Auf die Frage: „Wie geht es Ihnen?" erwarten
die Fragenden meistens gar keine Antwort. Eher passirt
es, daß ein Ball=Berichterstatter nicht erzählt, er habe
sich „in einen Wagen geworfen," als daß Einem
Folgendes erspart bleibt: Man reist von Wien nach
Berlin, kommt zurück, begegnet auf der Ringstraße
einem Bekannten, und dieser fragt: „Sind Sie
wieder hier?" ... Wie Der staunen würde, wenn
man ihm sagte: „Nein!" ... „Man muß mit
Wenigem zufrieden sein," sagen die Leute, die
im Ueberflusse leben, und über die „Plage, die
man mit großer Dienerschaft hat," sowie über
die „Unannehmlichkeit, die heutzutage der
Besitz eines Hauses" mit sich bringt, jammern
die also Geplagten in der Regel zu jenen Beneidens=
werthen, die sich selber ihr Holz spalten müssen oder
wegen rückständiger Wohnungsmiethe mit Delogirung
bedroht sind. „Wie Sie aber gut aussehen!"
sagt man auch zu Todes=Candidaten, und daß „der
Selbstmord eine Feigheit" sei, behaupten alle
Menschen, die nicht die mindeste Ursache haben, mit
dem Leben unzufrieden zu sein. Sollen es nur einmal
mit der Feigheit versuchen! ... In jeder Epistel eines

professionellen Schuldenmachers kommt unbedingt das Cliché vor, daß er sich „in momentaner Ver-legenheit" befinde und leider „gerade in diesem Monate Zahlungen zu leisten" habe. Jeder Schwindler verfügt über die wehmüthige Klage, daß ihm „seine Gelder nicht eingegangen" seien... Die „gute alte Zeit" loben natürlich auch Die-jenigen, die sich früher viel übler befunden haben als jetzt, und speciell in Wien stirbt das Cliché nicht aus: „Es gibt keine echte Gemüthlichkeit mehr." Niemand wird bestreiten, daß „der Zahn der Zeit" ebenso Cliché ist wie „der große Todte" oder „die Stimme des Blutes," und daß es in dieselbe Kategorie gehört, wenn entthronte Monarchen, die in der Englischen Bank ihre Millionen deponirt haben, das „bittere Brod der Verbannung" essen. Eine Weltausstellung ist noch heute ein „friedlicher Wettkampf der Nationen"... Der Bericht über jedes Kränzchen, über jede öffentliche Unterhaltung schließt mit der Bemerkung: „Das herrliche Fest wird Allen, welche daran theilnahmen, un-vergeßlich bleiben," und bei jeder solchen Ge-legenheit heißt es entweder: „Mitternacht war längst vorüber, als man sich trennte," oder „Das Fest währte bis zum frühen Morgen." Ein bekannter Wiener Verleger wird nie anders als

„rührig," ein landsmännischer Musiker mit Consequenz „wacker" genannt. Nie ohne diese Epitheta!
In der Gerichtssaal-Rubrik liest man auf alle Fälle
von den „warmen Worten des Vertheidigers,"
während die Polizei-Reporter eine Mittheilung über
ein Verbrechen, auch wenn die Behörde nicht ahnt,
wer es verübt hat, mit der Wendung schließen: „Man
ist dem Thäter auf der Spur."

Der „natürliche Beruf der Frau" taucht
nicht selten auf. Mit Bezug auf das weibliche Geschlecht existiren unzählige Clichés. In der Literatur
wie im Umgange hat sich dem weiblichen Geschlechte
gegenüber eine ganz verwerfliche Verlogenheit herausgebildet: scheinbarer Enthusiasmus, hinter dem sich
oft hochgradige Geringschätzung verbirgt. Ich lobe mir
ehrliche Grobiane, wie Bogumil Goltz oder Alphonse
Karr. Sie sagen den Weibern gesunde Wahrheiten,
während Andere einen exaltirten Frauencultus heucheln,
weil dieser sich bequem mit Hilfe von Clichés betreiben
läßt. Stirbt die Gattin eines Dichters, und hat sie
sich auch immer um ihre Schneiderin viel mehr ge-
kümmert als um ihres Mannes Muse, so heißt es
doch im Nekrolog: „Sie war ein echtes Dichter-
weib." In Nachrufen auf andere Frauen ist das
Cliché üblich: „Anmuthig waltete sie in dem
engen Kreise ihres Hauses, eine muster-

hafte Gattin und Mutter." Verliebte junge
Leute bedienen sich gern des Cliché: „Ich kann ohne
dich nicht leben" — manchmal bringen sie das
aber doch zu Stande! — und auf dem Wege der
Vererbung haben sie den Gebrauch überkommen, die
Lippen der Angebeteten mit Korallen, die Zähne mit
Perlen, die Augen mit Mandeln zu vergleichen, dazu
einen Schwanenhals und Haare aus Seide zu ent=
decken — und es fehlt dann nichts, als daß ein Maler
das Alles wörtlich nimmt und auf Grund dieser
Clichés getreulich ein Porträt malt. Bei Gelegenheit
jeder silbernen Hochzeit — und hätte die Gattin sich
während eines Vierteljahrhunderts als Drache be=
währt — ist von einer „fünfundzwanzigjährigen
glücklichen Ehe" die Rede, sowie jede Witwe beim
Tode des Gatten „gebrochen" ist, manchmal aber
dazu kommt, sich wieder aufrichten zu lassen. Weiß
man an einer Frau absolut nichts Anderes zu rühmen,
so preist man ihren „Geschmack," was gewöhnlich
die Kunst bedeutet: unnütz Geld auszugeben. Mit
Damen, welche in der Lage sind, Soiréen zu ver=
anstalten, hat die Lobhudelei es leicht. Da wird das
Cliché hervorgeholt: „Frau X. machte mit voll=
endeter Liebenswürdigkeit die Honneurs."

Erzeugen die Zeitungen im Allgemeinen sehr viele
Clichés, so dürfen die Theater=Kritiker ins=

besondere sich nach dieser Richtung einer horrenden
Fruchtbarkeit rühmen. Der Beifall, der „s t ü r m i s c h
d u r c h d a s H a u s b r a u s t" und „s i c h n i c h t l e g e n
w i l l"—schließlich legt er sich doch! — der „s i c h t l i c h
e r g r i f f e n e" Jubilar, der „m i t v o r R ü h r u n g
e r s t i c k t e r S t i m m e d a n k t," die Darsteller, welche
„m i t L u s t u n d L i e b e" gespielt oder sich um den
Erfolg „v e r d i e n t g e m a c h t" haben, der Director,
dem mit einem neuen Stücke „e i n T r e f f e r" zufällt
— das Alles ist landläufig und bekannt. Wollen die
Kritiker schonen, so schreiben sie einer in Offenbach's
Genre sich bewegenden Operette „s i n n i g e" Melodien
zu, versichern von einem Carnevals-Schwank, er habe
eine „e h r e n d e" Aufnahme gefunden, und fällt ein
Stück durch, weil es aller Handlung entbehrt, so ver=
sichern sie, der Dialog „e r i n n e r e a n M u s s e t."
Erlebt ein Trauerspiel ein Fiasco, so wird die „s c h ö n e
T e n d e n z" desselben und des Autors „e d l e s S t r e=
b e n" hervorgehoben. Ein Prolog, der zum elftenmale
wieder sagt, was schon zehn vorher gesagt, ist „s c h w u n g=
v o l l." So oft Lindau ein neues Stück oder S t r a u ß
eine neue Operette schreibt, erscheint das Cliché:
D i e s e s Stück werde das „b e s t e" von Paul Lindau,
d i e s e Operette die „b e s t e" von Johann Strauß sein.
Hat ein Künstler einmal einen Beinamen bekommen,
so wird dieser stereotypirt. Jahrelang wäre es ein

crimen laesae majestatis gewesen, in Wien „Herr
Ascher" oder „Fräulein Geistinger" zu sagen. Die
Clichés hießen: Der „geistreiche" Ascher und die
„ewig junge" Geistinger... Das sind nur so etliche
Proben. Wollte man die Clichés aufzählen, deren die
Dramatiker sich bedienen, man käme damit nicht
zu Ende. Namentlich das sogenannte Volksstück arbeitet
mit Clichés: mit dem bösen Grafen und dem guten
Schuster — mit den unbemittelten Liebenden, denen
ein steinreicher Wohlthäter dreißigtausend Gulden aus
seiner linken Westentasche gibt, damit sie im letzten
Act heiraten können — mit dem Cavalier, der um
7 Uhr Morgens im Bett eine Flasche Champagner
und drei Paar „Frankfurter" frühstückt, und was
dergleichen mehr. Es ist aus der Mode gekommen,
daß die Bösewichte auf der Bühne rothe Perrücken
tragen, daß die beleidigte Unschuld ausruft: „Ha,
mir das!", aber die Naive, die ihr Herz entdeckt,
der vorurtheilslose Fürst, der eine Gouvernante heiratet
— Clichés, nichts als Clichés! Daß gerade die gelesensten
Romane auch mit Clichés arbeiten, wem wäre das
unbekannt? In neunundneunzig Fällen unter hundert
spielen die verschiedenen Romanciers mit denselben
Karten, sie mischen sie nur anders; Werke, wie „Ekke-
hard," „Soll und Haben" und noch zwanzig oder
dreißig Romane sind da auszunehmen. Im Uebrigen

braucht man von den meisten Romanen nur die Mitte zu lesen, um zu errathen, worin der Anfang bestanden hat und was das Ende bringen wird. Dumas père war wenigstens ehrlich genug, den Gebrauch von Clichés gar nicht zu bemänteln. Er hatte seine stereotypirten Anfänge, zum Beispiel: „Es war in einer kalten Decembernacht 18.. Der Schnee fiel in dichten Flocken. Auf der Straße von Auteuil nach Paris ritten zwei dicht vermummte Männer. Der kleinere hielt sich in respect- voller Entfernung hinter dem größeren..." Und so fort mit Grazie!.... Wenn gar kein anderes, so hat die „naturalistische Schule" in Frankreich das Eine Verdienst, dem Götzen Cliché nicht zu huldigen und lieber sich zu verirren, als mit Hilfe der Ste- reotypie zu arbeiten. Das müssen selbst die heftigsten Gegner des „Roman naturaliste" und „expérimental" zugestehen — ein Analogon dazu, daß auch die eifrigsten Anti-Wagnerianer nicht bestreiten können: Richard Wagner habe das Cliché aus der Oper vertrieben, die stereotypirten Geschöpfe, die ein italienischer Librettist dem andern getreulich nachschrieb.

Reclame.

Wenn Lazarus, der berühmte Völkerpsycholog, von einem „Jahrhundert der Erziehung" spricht, so darf wohl der Plauderer, der sich mit einem kleineren Gesichtskreise begnügt, das „Jahrhundert der Reclame" zum Gegenstande einiger Bemerkungen machen. Freilich, es ist kaum noch so viel auf dem Gebiete der Erziehung gethan worden, wie in unserem Säculum, aber man hat auch kaum noch so viele Reclame gemacht wie in demselben. Wir sprechen, wir hören, wir essen, wir trinken, wir athmen, wir schlafen Reclame. Sie empfängt uns bei der Geburt, sie entläßt uns erst am Rande des Grabes, und über dieses hinaus dauert sie oft weiter in der Form von — Nekrologen. Was ist Reclame? Worin besteht sie und wie wird sie geübt? Ja, wenn diese Fragen so leicht zu beantworten wären ... Von der Etymologie wird die Reclame zurückgeführt auf „reclamare," „oft rufen." Das wäre also die Erklärung? Man ruft ein und dasselbe Wort oftmals, um auf die Sache, die es bedeutet, aufmerksam zu machen. In der That will man heutzutage Aufmerksamkeit erregen, und da das schwerer wird von Tag zu Tag, muß man öfter, viel öfter „rufen" als in früherer Zeit. Ehedem mag es genügt haben, aus dem „clamare" „reclamare" zu machen. Heute muß die Verstärkung erhöht werden. Es „rufen" ihrer Viele, und das Publikum schenkt so ungern Gehör. Wie auf allen Gebieten, so wird auch auf jenem der Reclame die Concurrenz täglich größer. In allen Ständen, auf jedem Felde will man Reclame machen; die Aristokratie will es, die in einem Tableau vivant mitgewirkt; der Bürgersmann will es, der bei der Eröffnung einer neuen Suppen- und Thee-Anstalt eine ergreifende Ansprache an die versammelte Clientel hält; der Politiker und der Arzt, der Kaufmann und der Künstler, der Advocat und der Prediger, sie Alle wollen Reclame, und wer nie etwas Oeffentliches geleistet, sucht einen Anlaß zum Reclamemachen wenigstens in seinen Privateigenschaften — z. B. in seinem fein zugespitzten Schnurrbarte oder seinen tadellos sitzenden Schuhen.

Eitel waren die Menschen immer. Nur waren sie es nicht immer in gleicher Art. Im vorigen Jahrhundert fühlte sich auch der Eitelste zufrieden, wenn er in einem schöngeistigen Salon, in einem Bureau

11*

d'esprit, seine Einfälle vorbringen und sich ihrer Wirkung erfreuen durfte. Uns aber hat der Enthusiasmus für die Oeffentlichkeit erfaßt, wir leben zum Fenster hinaus, wir verkünden mit Vorliebe unsere Autobiographien, und bei excentrisch angelegten Naturen artet diese Vorliebe in Kundgebungen aus wie das Buch der Frau Rakowitza=Dönniges: „Meine Beziehungen zu Ferdinand Lassalle." Dieses Buch gehört weniger zur Scandal= als zur Reclame=Literatur, welche wieder in inniger Verbindung steht mit der Literatur=Reclame... Auf lautem Markte drängen sich und schreien ihrer gar Viele; es muß Einer tüchtige Ellbogen und tüchtige Lungen haben, um sich bemerkbar zu machen. An und für sich hat die Reclame allzeit existirt, und obwohl ihr volles Aufblühen entschieden der neuesten Zeit angehört, gab es doch immer ungewöhnliche Menschen, die ihrer Epoche voraus waren und in die Zukunft hinüberragten .... Frau von Krüdener, die Erfinderin der „heiligen Allianz," hatte einen Roman: „Valérie," geschrieben. Sie ersann ein eigenartiges Mittel zu seiner Popularisirung. Incognito begab sie sich in Modemagazine und verlangte Hüte, Coiffuren u. s. w. à la Valérie. „Was meinen Sie damit?" — „Nun, die Sachen werden nach dem neuen, großartigen Romane der Madame Krüdener so genannt." Nach und nach erfahren die übrigen Modewaaren=

händler, daß Gegenstände à la Valérie stark gesucht
werden, machen endlich welche auf gut Glück, und
nachdem Frau von Krüdener etliche Novitäten à la
Valérie eingekauft hat, zeigt sie sie ihren Freundinnen,
diese kaufen sie auch, der Titel des Romans geht
von Mund zu Mund, und ist ein Titel einmal populär,
so finden sich zuletzt auch Leser für das Buch. Frau
v. Krüdener hatte da einen Einfall, der — wie gesagt
— in's letzte Viertel des neunzehnten Jahrhunderts
paßt. Es ist eben nichts neu unter der Sonne, auch
die Reclame nicht, aber so wie heutzutage konnte diese
doch nie gedeihen, denn es fehlte ihr früher die enorme
Ausdehnung des Annoncen= und Placatenwesens, es
fehlte ihr eine in ihrer Organisation völlig entwickelte
Presse. Das gedruckte Wort übt einen geheimnißvollen
Zauber aus, sogar auf Denjenigen, der gewohnt ist,
es zu handhaben. Ich habe keinen unbedingten Glauben
an alle Annoncen, und doch kann ich nie ohne Rührung
der Marquise de Bréhan gedenken, welche seit wenigstens
zwanzig Jahren die heilkräftige Revalescière Barry du
Barry bestellt, und ich bleibe manchmal ganz ernsthaft, wenn ich zum soundsovieltenmale lese, ein Stück
von Paul Lindau werde nun endlich in Uebersetzung
an der Comédie Française in Scene gehen. Aber, um
zu wirken, muß die Reclame nicht immer gedruckt
werden. Gemalt, gesprochen, gemeißelt kann sie ebenso

effectvoll sein. Haschen nicht Diejenigen nach Reclame,
die gern auf einem Makart'schen Gemälde mitfiguriren
möchten? Verirrt die Reclame sich nicht bis auf Grab=
steine? In der französischen Schweiz liest man auf
einem Friedhofe in Goldlettern auf Marmor, hier
ruhe Monsieur tel et tel, seine untröstliche Witwe
betraure ihn tief und theile dem Publikum mit, daß
sie das Hotel „aux hautes Alpes" weiterführe, Pen=
sion inclusive Wein zu 10 Francs per Tag. Dem
richtigen Reclamemacher ist eben jeder Anlaß will=
kommen: Geburt, Tod, Verlobung, Vermählung, sogar
der Galgen mit all' seinen Schrecken. In New=York
stand die Hinrichtung eines Mörders bevor. Der
Verurtheilte durfte in den letzten Stunden Besuche
empfangen, und Allen, die zu ihm kamen, klagte er,
nicht die Aussicht auf den Tod betrübe ihn, sondern
die Idee, daß er seine Frau und seine Kinder in
größter Dürftigkeit zurücklasse. Da kam ein Fremder
und hielt mit ihm etliche Minuten hindurch eine eifrige
Conversation. Dann erschien der Verurtheilte gefaßter
und heiterer. Ruhig betrat er die Richtstätte, und
eben, da der Henker sich ihm nahte, rief der Todes=
candidat der versammelten Menge mit Stentorstimme
zu: „Die beste Chocalode ist doch nur von Robertson
& Comp..." Ein Agent dieser Firma war bei ihm
gewesen und hatte sich verpflichtet, gegen diese kleine

Reclameleiſtung für ſeine Familie zu ſorgen. Echt
amerikaniſch! Drüben in der Neuen Welt iſt ja das
Eldorado der Reclame, drüben blüht Barnum, der
mit der Schauſtellung von Waſhingthon's Amme wohl
das Subliimſte in dieſem Genre geleiſtet hat, drüben
rühren die Impreſarii die Trommel, und obwohl jeder
Amerikaner weiß, was er von den Fackelzügen und
Ständchen zu halten habe, welche den Primabonnen
dargebracht werden, ſcheinen dieſe Mittelchen nach wie
vor zu ziehen, denn andernfalls wäre es nicht zu er=
klären, daß die Arrangeure an ihnen feſthalten. Mundus
vult decipi, das iſt eine der tiefſten Wahrheiten. Sie
erklärt es, daß eine geſchickt gemachte Reclame ſelbſt
Demjenigen imponirt, der ſie als Reclame erkennt...
In einem Wiener Theater hielt ſich jahrelang Abend
für Abend der Vater eines Schauſpielers im Steh=
parterre auf, lobte ſeinen Sohn ſo maßlos, wie
er deſſen Rivalen tadelte, und obwohl die Zuhörer
wußten, daß hier Vaterliebe und Reclamemacherei ſich
zuſammengethan, wurde durch dieſe Stehparterre=Ge=
ſpräche doch mit der Grund gelegt zur Beliebtheit
jenes Bühnenkünſtlers. Ein anderer, als Localfigur
bekannter Vater — ſein Sohn war Advocat — blieb
vor den Schaufenſtern ſtehen, in denen eine Photographie
des Letzteren ausgelegt war, und begann, dem Publikum
einen Vortrag über die Eigenſchaften des Originals

zu verſetzen. Sigmund Schleſinger hat daraus ein
reizendes einactiges Stückchen gemacht: „Mein Sohn...“
Solches Lob aus Vatermund iſt eines der tauſend und
aber tauſend Mittel der Reclame. Als grellen Gegen=
ſatz gibt ſich die „Reclame mittelſt Angriffes.“ Dieſe
iſt in vielen Fällen beſonders zu empfehlen, denn ſie
macht auf naive Gemüther den Eindruck der Un=
parteilichkeit; ſie bildet ein Pendant zu den beſtellten
Interpellationen, mit welchen in Wählerverſammlungen
den Candidaten ſo ſcharf zu Leibe gegangen wird, daß
dieſe ihre improviſirte Antwort unter enthuſiaſtiſchem
Beifalle der Anweſenden ertheilen.

Ein vernünftiger Menſch wird in der Wahl der
Reclame=Gattung vorſichtig ſein. Eines ſchickt ſich
nicht für Alle. Wer z. B. überzeugt iſt, ſeine Reclame=
Blumen nicht auf heimiſchem Boden pflücken zu dürfen,
weil ſich da keine Gläubigen fänden, beſorgt ſeinen
Ruhm auf Umwegen. Ein Wiener Tenoriſt, der keine
Stimme hat und hier nicht zum Auftreten kommt,
imponirt damit, daß er am Floratheater in Köln Er=
folge errungen hat. Wer weiß außerhalb Kölns, was das
Floratheater bedeutet? Ein in Berlin wohnender Dra=
matiker hütet ſich wohl, eines ſeiner Stücke in Berlin
geben zu laſſen. Ihm genügt es, wenn die Berliner
Zeitungen erzählen, ſein neueſtes Stück habe in Gera,
Hildburghauſen oder Rudolſtadt immens gefallen.

Ein Mann, der in Graz wohnt, steigt gewiß in der Achtung vieler seiner Nachbarn, wenn dort seine Ernennung zum „Genossen des Freien Deutschen Hochstiftes" in Frankfurt am Main publicirt wird. In Frankfurt lacht man über dieses Hochstift, aber auf so viel Meilen Entfernung sehen die Dinge gar verändert aus. In jeder größeren italienischen Stadt existirt ein Verein, ein Circolo, der Ordenszeichen vertheilt und dafür eine bestimmte Gebühr einhebt. Diese Ordenszeichen darf Niemand tragen, aber was verschlägt das? In den Zeitungen heißt es dann doch (die Notiz ist wirklich ein Citat): „Der Circolo dei promotori in Neapel hat die Opernsängerin Frau H.-G. zum Ehrenmitgliede ernannt und ihr die Ordens-Insignien der Gesellschaft übersendet." Es gibt Menschen, die von da an Frau H.-G. mit erhöhter Ehrfurcht betrachten . . .

Im engsten und im weitesten Kreise ist Boden für die Reclame. Ich weiß eine Familie, deren Mitglieder unter dem Titel „Mutua Reclamia" einen Verband zur gegenseitigen Belobung gestiftet haben; die Angehörigen dieses Verbandes loben aneinander Alles, Alles ohne Ausnahme. Sogar wenn einer von ihnen eine Zahngeschwulst bekommt, rufen die Uebrigen mit Entzücken aus: „So geschwollen wie Du ist doch Niemand! . . ." Aber nicht nur die Fremden, welche zufällig zuhören, glauben an dieses Entzücken, sondern die Mitglieder der „Mutua Reclamia" selbst nehmen ihre Lobesergüße mit andächtigem Ernste auf. Im Weiteren ist ein Spiegelbild solcher Verbrüderung die wechselseitige Lobes-Assecuranz, die heutzutage unter den deutschen Schriftstellern üblich geworden.

Die Reclame, wie sie sich herausgebildet hat, ist einerseits eine Frucht des Streberthums, andererseits aber deshalb ein Merkzeichen der menschlichen Eitelkeit, weil dieselben Leute, welche die Reclame machen, im Stande sind, an sie zu — glauben. Es geht damit wie mit der Claque, die von den Schauspielern bezahlt wird und, wenn sie tüchtig arbeitet, ihre Brodgeber nicht selten in wirkliche Rührung versetzt. Ich weiß eine Liebhaberin, die Abends wie närrisch über die ihr geworfenen Kränze jubelte, die sie am Morgen in der Blumenhandlung gekauft hatte ... Nirgends gedeiht die Reclame so fröhlich wie in der Theaterwelt. In den Theateragentur-Organen ist jeder vierteljährige Abonnent begabt, jeder halbjährige ein Genie, jeder ganzjährige ein Reformator des Bühnenwesens, und wer ein Uebriges thut, wird gar porträtirt, mit Beigabe einer Gebrauchsanweisung, das heißt, einer Biographie. In diesen Zeitungen schreiben die Künstler über sich selbst. Ist die Redaction oberflächlich, so kann in einem Berichte der Satz stehen bleiben: „Herr X.

als Posa war großartig; nach der entscheidenden
Scene mit dem König wurde ich dreimal gerufen."
Besonders beliebt zu Reclamezwecken sind die Jubiläen
mit der obligaten Rührung, der feierlichen Ansprache und
der von Thränen erstickten Antwort, dem von den Collegen gewidmeten Pocal (in manchen Fällen Remontoir=
Uhr sammt Kette) und, falls die Rührung in einem der
kleineren deutschen Staaten spielt, mit dem vom Landes-
herrn verliehenen Ritterkreuze. Ist gerade kein anderer
Anlaß da, so wird von den Ferienprojecten der Künstler
erzählt, von ihren Landaufenthalten, von den Gastspiel=
Anträgen, die ihnen geworden, u. dgl. m. Fräulein
Minnie Hauck langt seit Jahren mit e i n e r Reclame
aus: mit der Geschichte ihres Kampfes mit einem
Indianer. Sie ist Amerikanerin. In Amerika reiste
sie einmal, da wurde der Zug von Indianern über=
fallen . . . . wozu aber die ganze Historie wieder
erzählen? Genug daran, Minnie Hauck schlug den
Indianer natürlich in die Flucht. Wilde Indianer
fürchten sich bekanntlich immer vor Primadonnen. . . .
Eine Wiener Operettensängerin erfand ein Kind, das
sie vom Ertrinken gerettet (sie das Kind nämlich),
aber diese gewiß auch sehr schöne Geschichte litt unter
dem Hauck'schen Indianer=Roman und machte nicht
den erwünschten Effect . . . Recht nette Wirkung bringt
es in der Regel hervor, wenn ein Künstler aussprengen

läßt, er wolle die Stätte seiner Wirksamkeit verlassen, da er glänzende Anträge nach auswärts habe, einige Zeit schwankt, ob er bleiben oder gehen soll, und schließlich zur Genugthuung seiner Verehrer „erhalten bleibt." Es gibt Mimen, die uns auf diese Art durch ein Menschenalter „erhalten" geblieben sind. Solche Inventarstücke sichern sich eine Art von Gewohnheits= beifall. Ueberhaupt ist die Gewöhnung des Publikums der halbe Erfolg des Künstlers. Jeder Ort erzieht sich seine Localgröße, deren Bedeutung man zwei Meilen weiter gar nicht zu würdigen weiß. In der Nähe Wiesbadens wohnend, las ich zweieinhalb Jahre hindurch täglich von Fräulein Rolandt als von der „Wiesbadener Nachtigall." Im Anfang ärgerte ich mich, aber endlich war ich daran gewöhnt, und wenn ich von Fräulein Rolandt sprach, nannte ich sie un= willkürlich die „Wiesbadener Nachtigall".... Das schönste Ergebniß der Gewöhnung ist es, wenn einem Künstler jede Titulatur abgenommen wird, wenn man nicht mehr sagt oder schreibt: „Frau Gallmeyer," sondern „die Gallmeyer." Noch schöner klingt der Name mit einem Fürwort des Besitzes, z. B. „Unser Tewele." Grobheit ist in diesem Falle die höchste Höflichkeit. Das gilt ja auch in Frankreich. Der „Misanthrope" ist von Molière, ein moderner Operetten= text dagegen von Messieurs Chivot und Duru... Es gibt in Wien einen Künstler, der die Journalisten jahrelang bat, ihn nicht „Herr" zu nennen. Er wußte, was er damit verlangte... Manche Künstler sehen ein, daß sie keine Selbsterkenntniß haben, und getrauen sich deshalb nicht, sich selber ein Epitheton beizulegen. Sie ersuchen deshalb befreundete Redacteure um gütige Aufnahme einer Notiz, in welcher sie einigen Raum behufs Ausfüllung freilassen. „Der ...... Tenorist X. Y. wird" u. s. w. An die Stelle der sechs Punkte ließe sich schreiben: „berühmte" oder „vortreffliche" oder „geschätzte." Dagegen liegt es nicht in der Absicht des Petenten, sie etwa durch „stimmlose" oder „ausgesungene" ersetzt zu sehen. Die Theater-Directionen leisten in officieller Reclame ganz Respectables. Sie erzählen ewig von ausverkauften Häusern, von Leuten, die Abends bei der Billetcasse unbefriedigt umkehren mußten, von rasenden Beifallsstürmen und dergleichen Elementar-Ereignissen. Als im Theater in der Josefstadt vor Jahren die Dachfenster vermehrt wurden, verschickte die Direction an die Zeitungen ein Communiqué, in welchem die neuen — Ventilations-Einrichtungen gepriesen waren. Der Secretär, der das Communiqué verfaßte, gestand mir später einmal ferne von Wien den lustigen Reclamestreich. Einige Reclame-Typen und -Züge sind in der Kunstwelt stereotyp; der kleine Virtuose, der seit undenklichen Zeiten eilf

Jahre alt ist; der Eifer des Hamburger Directors Pollini für die heiligsten Interessen der Kunst; die erste Aufführung, die schon deshalb des Besuches lohnt, weil der Autor zu derselben sicher hier eintrifft (natürlich ist der Autor durch Unwohlsein an der Reise verhindert worden); das lebhafte Interesse der Directoren, die keine Novitäten haben, an guten, älteren Stücken; die Begeisterung für Dichter-Heroen, die sich manchmal in wahrhaft erhebender Weise äußert. So in der Fürstengruft zu Weimar. Wer diese heilige Stätte betritt, der findet vor Schiller's Sarg ein zierliches Kästchen, enthaltend einen Lorbeerkranz aus Sammt, auf jedem Blättchen eingestickt der Titel eines Schiller'schen Werkes, und als Urheberin dieser Huldigung genannt: Marie Niemann-Seebach. Welch' gut ausgeklügelte Reclame für — Schiller!

Hat all' die Reclamemacherei einen Zweck? Wohl nur für den Augenblick. Nachhaltig wirkt die Wahrheit und nichts als die Wahrheit. Bei den Mustergastspielen am Münchener Hoftheater 1880 zerstob der Ruhm so mancher künstlich aufgebauschten Größen wie nichts, indessen Sonnenthal die Weihe empfing als Deutschlands erster Schauspieler. Und wenn irgend Jemand, so ist eben Sonnenthal kein Reclameheld. Darin liegt eine tiefe Beruhigung. Die Reclame mag sich den Augenblick erobern. Die Zukunft aber gehört den großen, echten Leistungen, gehört Denen, die gerungen, gestrebt, gearbeitet haben, ohne den Mund voll zu nehmen, ohne der Welt in die Ohren zu schreien: „Nur hereinspaziert! Gleich wird angefangen! Billiger und dauerhafter als überall! ..."

Dichtung und Wahrheit.

(Eine Sonntags = Betrachtung.)

Für uns Stiefkinder des Schicksals, die in der Tretmühle täglicher Arbeit stehen, für uns ist der Sonntag mehr als eine Ruhepause, mehr als ein vom Kalender dargebotener Vorwand zum Faullenzen; er ist ein letzter Lichtschimmer von Idealismus, der uns nach sechs Tagen des Kampfes und der Robot in die Stube fällt. Er läßt uns aufathmen als „freie Söhne der Natur," wir vergessen einen Augenblick allen Zwang, der mit dem Montag wieder beginnt, und das bloße Gefühl, nicht ängstlich auf die Uhr sehen zu müssen, macht uns besser, macht uns empfänglicher für das Ideale. Wer lauscht enthusiastischer den flammenden Worten Posa's, als der Sonntags= Theaterbesucher, der während der Woche andere Dinge zu thun hat, als sich um die Classiker zu bekümmern , und des Abends müde in's Bett fällt! Wer eilt freudiger in's Grüne, als der Sonntags=Tourist, der sechs

Tage lang in die Stadt gebannt ist in Staub und
Hitze! ... Tausende von Menschen sehen an Sonn=
tagen ganz anders aus als an Wochentagen; man
gewahrt da in ihren Augen, die sonst glanzlos und
gelangweilt in die Welt schauen, einen Funken höherer
Art — ich möchte in einem Lande nicht leben, wo der
Sonntag nicht gehalten wird! Sechs Tage lang wird
Einem Jahr um Jahr das bessere Ich genugsam in
Fetzen zerrissen — am Sonntag mag man sich zum
Ersatze in eine Idealwelt einspinnen, am Sonntag ver=
schließe ich von innen meine Thür und bin für Ent=
täuschungen nicht zu Hause ...

Ein Sonntag kommt wieder, und da denke ich
unwillkürlich daran, welcher Gegensatz zwischen Wirk=
lichkeit und Ideal besteht, zwischen Dichtung und
Wahrheit. Jene zeigt den Menschen in seinem Sonn=
tagsstaate, diese in seinem Werkeltagskleide. Und indem
man die Beiden denkend in's Auge faßt, springt auch
die literarhistorische Erinnerung vor Einem auf, daß
mit ihnen alles Ringen und Kämpfen der meisten
literarischen Schulen bezeichnet ist. Dichtung und Wahr=
heit in Einklang zu bringen; das Leben mit der Dar=
stellung des Lebens zu versöhnen; die Kluft zu über=
brücken, die zwischen Stoff und Form liegt — das
war fast immer das Ziel der großen Dichter und
Schriftsteller. In Zwecken waren und sind sie einig.

Ihre Mittel gehen auseinander. Aber im Grunde wollen sie Alle dasselbe, nur möchte Jeder es auf seine Art erreichen. Spielhagen glaubt, mit seiner Dichtung der Wahrheit am nächsten zu kommen, wenn er in „Angela" so weit geht, die Behörde zum Einschreiten zu provociren; Novalis, wenn er in „Heinrich von Ofterdingen" die Welt schließlich ganz in „Gemüth" auflösen will; Kleist, wenn er den im hellsten Sonnenlichte des Verstandes beginnenden „Michael Kohlhaas" in traumhafter Dämmerung unter Zauberspuk enden läßt. Boileau meinte, die Lösung des Räthsels, die Versöhnung der Gegensätze gefunden zu haben, als er sang: „Rien n'est beau que le vrai, le vrai seul est aimable." Mit einemmale erschienen die französischen Classiker unwahr, die Romantiker traten als Apostel der Wahrheit auf, und heute sagen die Naturalisten, die Experimentalisten: „Wir haben die Synthese von Wahrheit und Dichtung gefunden." Beweis dessen führt Zola die schöne Nana vor, Arm in Arm mit ihrer würdigen Genossin Satin ... Wer hat da Recht? Wer irrt sich und wer sagt das Richtige? Vielleicht Keiner. Vielleicht Jeder. Das letzte Wort in dieser Streitfrage ist noch nicht erklungen, und vielleicht wird es niemals gesprochen werden. Und doch — es wäre ein interessanter Sonntag, an dem Einer Bescheid zu geben wüßte darauf, ob eine

Versöhnung zwischen Dichtung und Wahrheit möglich
ist auf Erden.

Vorderhand — welcher Abstand zwischen Wirklichkeit und Ideal! Wie anders die Menschen im Roman,
auf dem Theater im Vergleiche mit den Menschen,
unter denen wir leben! Nicht einmal Zola hat die
Verwegenheit, Alles beim rechten Namen zu nennen.
Er schreckt zurück vor den letzten Consequenzen seiner
Richtung. Nun erst die anderen Romanciers, ob
Deutsche, Franzosen oder Engländer! Was sie für
den höchsten Grad von Wahrheit halten, ist noch immer
unwahr bis in's tiefste Mark. Nach meiner Meinung
muß Jemand, der etliche Jahre hindurch alle „berühmten" und „beliebten Romane" liest, einmal den
Verstand verlieren, dahin kommen, all' die hyperklug
und syrupsüß ersonnenen Ammenmärchen kunterbunt
mit einander zu verwechseln und nur noch zu wissen,
daß die Geschichte „gut" endet, daß Berthold Auerbach
Friedrich Spielhagen die Hand reicht, Levin Schücking
sich mit Edmund Höfer verlobt, und Hans Hopfen
und die Marlitt sich als natürliche Geschwister ent-
puppen. Es wäre interessant, zu erfahren, wie es im
Gehirn eines eifrigen Romanlesers aussieht. Letzterer
muß nach und nach die wirkliche Gestalt der Welt
vergessen. Dabei steht in so vielen Romanen dasselbe
zu lesen. Wer als Abonnent einer Leihbibliothek eine

gewisse Uebung erlangt hat, kann getrost einen Passus aus der Mitte eines Bandes von Werner, Dewall und dergleichen lesen, und er wird sich Anfang und Ende mit einiger Sicherheit hinzudenken können. Aber das Publikum hat ein nimmer zu stillendes Bedürfniß nach idealer Sensation. Je tiefer der Leser steht, desto mehr Aufregung will er für sein Geld haben. Wer selbst keine interessanten Angelegenheiten hat, will sich mit denen anderer Leute gütlich thun, und lebten diese auch nur auf geduldigem Papier. Je weniger Einer von dem sieht, was in der wirklichen Welt vorgeht, desto gieriger ist er danach, sich merkwürdige Vorgänge aus der Romanwelt erzählen zu lassen. Er ist gar nicht in der Lage, Dichtung und Wahrheit mit einander zu vergleichen, ihm ist jede Dichtung gut genug, um die Wahrheit zu repräsentiren.

Ist die Versöhnung der Gegensätze also auf dem Theater zu finden? In Shakespeare wohl, aber nur in den Stücken an und für sich, denn die Darstellung geräth wieder in's Lügen und entstellt, wo der Dichter wahr gewesen. Aber sonst — wie anders geberdet der Mensch sich auf der Bühne, wie anders im Leben! Man sehe Reiche und Arme dort und hier! Dort der Arme, der sich in seiner Armuth so unsäglich wohl fühlt, der Reiche, der sein Geld zur Linderung alles Elends verschenken möchte — und hier . . . nun hier eben keine

Spur von alledem! In der Wirklichkeit fällt niemals bengalisches Licht auf ein Paar, das den ersten Kuß tauscht — singen niemals ein Dutzend Menschen: „Wir fliegen, wir eilen!" ohne sich von der Stelle zu rühren — reden auch die interessantesten Witwen nicht immer geistreich — kurzum im Leben geschieht nichts, absolut nichts so, wie auf der Bühne, und wenn irgend ein Institut, so erweitert das Theater die tiefe Kluft, die zwischen Wahrheit und Dichtung gähnt . . . Ich mag am Sonntag keinen Sperrsitz haben!

Glücklich die Naiven, die Uneingeweihten, die da meinen, nirgends vereinige sich Wahrheit inniger mit Dichtung, als im Leben der Poeten, der Künstler, in dem Erdenwallen Derer, die im Dienste der Musen wirken und weben. Ehemals vielleicht, zur Zeit der Troubadours, der Minstrels, der Minnesänger, mag solche Vereinigung existirt haben. Wie verflüchtigen sich heutzutage all' diese Illusionen vor der schnöden und spröden Wirklichkeit! Wird es doch sogar in Paris bald keine echten Bohémiens mehr geben! Sie sterben aus, wie in Deutschland die Schauspieler, die sich täglich betrinken und ihre Einnahmen sinnlos verschwenden, wie die Dichter, die bei Winterkälte frierend in einem dünnen Mäntelchen dahinwandeln und sich niemals begeisterter fühlen, als wenn sie kein Fleisch in der Schüssel und kein Feuer im Ofen haben.

„Les bohémiens se sont rebourgeoisés" ſagte About
einmal bei einer öffentlichen Redegelegenheit. Der
Schauſpieler erglüht in zärtlicher Neigung für eine
ſichere Capitalsanlage, der Dichter will eſſen, trinken
und ſich wärmen wie ein Anderer; Hieronymus Lorm
hat Recht: „Honorar iſt auch Poeſie . . ." In irgend
einem Sinne wird das große Publikum durch die
Perſönlichkeit der Muſen-Jünger ſicherlich enttäuſcht.
Ein geiſtreicher Schriftſteller — glaubt es — müſſe
geiſtreich auch im Geſpräche ſein. Gott ſchütze Einen
vor dem Verkehre mit der Mehrzahl der Humoriſten!
Moroſe, einſylbige Menſchen, die ſich hüten, einen Witz
zu ſprechen, den ſie ſich für die Feder aufſparen!
Intereſſante Leute, aber intereſſant nach innen. Und
gar die Theater-Komiker, die durch Miſanthropie
außerhalb der Bühne die Heiterkeit wettmachen, die
ſie auf der Scene entwickeln! Molière, der Komiker
als Darſteller und Dichter, zeigte auf der Bühne um
ſo glänzendere Laune, je betrübter er in ſeinem Privat-
leben war. In ſeinen letzten vier von Unglück ſo ſchwer
bedrückten Lebensjahren ſchrieb er: „Monsieur de
Pourceaugnac," „Le bourgeois gentilhomme," „Les
fourberies de Scapin," „La comtesse d'Escarbagnas"
und „Le malade imaginaire." Es gibt profeſſionelle
Celebritätenjäger, die um jeden Preis mit Berühmtheiten
in perſönliche Berührung kommen wollen. Für mein

Theil habe ich eine unsägliche Scheu davor, berühmte Leute kennen zu lernen; denn diese bringen mir in der Regel mit leidiger Eindringlichkeit den ganzen Gegensatz zwischen Wahrheit und Dichtung wieder vor Augen — den Contrast zwischen den Vorstellungen, die man sich von ihnen macht, und ihrer thatsächlichen Individualität. So manches Backfischchen hat keinen heißeren Wunsch, als seinem Lieblingsdichter einmal von Angesicht zu Angesicht zu begegnen. Wohl ihm, wenn dieser Wunsch sich nie erfüllt, oder wenn es den Dichter dann eben mit voreingenommenen Backfischchen-Augen betrachtet, mit jener Liebe, die das Object nicht sieht, wie es wirklich ist, sondern wie sie es sich zurecht-gelegt und ausgestaltet hat. Allerdings, man braucht kein Backfischchen zu sein, um berühmten Leuten mit wunderlichen Begriffen gegenüberzutreten, und die berühmten Leute haben oft liebe Noth, sich ihrer Haut zu erwehren. Augier saß während eines Diners neben einem Artillerie-Obersten. Er schwieg während des Mahles. Als die Hausfrau ihn frug: „Wann werden Sie das erste geistreiche Wort sagen?" — gab er zur Antwort: „Sobald der Herr Oberst den ersten Kanonen-schuß gelöst haben wird." Nun ja, dem Dichter sind Einfälle, was dem Artilleristen die Kanone ist: sein Werkzeug.

Das Publikum identificirt die Dichter mit den Gedichten, den Künstler mit den Kunstwerken. Es will nichts davon hören, daß Maria Stuart, nachdem sie im fünften Aufzug gestorben, zu Hause behaglich zu Nacht speist; es mag nicht daran glauben, daß Heine an seinen Versen gefeilt habe; zugeflogen sollen sie ihm sein wie gebratene Tauben, denn Dichten sei keine Arbeit, sondern ein Vergnügen. Es mag nicht daran erinnert sein, daß Mathias Claudius, der Sänger des berühmten Weinliedes, nie einen Tropfen Wein getrunken hat. Es protestirt gegen die Behauptung, daß der oder jener berühmte Poet ein ausgemachter Spießbürger sei, der allabendlich im selben Wirths- hause an seinem Stammtisch sitze. Es glaubt nicht daran, daß ein poetischer Verherrlicher der Selbst- losigkeit und Genügsamkeit als Egoist und Epikuräer lebe ... Hie und da geschieht es, daß bei einem Aus- erwählten Dichtung und Wahrheit einander decken. Lord Byron als Führer der Sulioten hat ein Gedicht auch gelebt. Percy Byshe Shelley, dessen Leiche von Byron verbrannt ward, nicht minder. Unsere deutschen Romantiker zeigten ein krankhaftes Bestreben, die Poesie in's Leben hinüberzuleiten. Sie bemühten sich, anders zu lieben und zu hassen als andere Menschen — Romantiker wollten sie auch außerhalb der Lite- ratur sein. Novalis liebte Sophie v. Kühn von ihrem zwölften bis zu ihrem fünfzehnten Jahre, und als sie dann starb, trug er sich mit Selbstmordgedanken, schrieb die „Hymnen an die Nacht" und . . . und ein Jahr später schlug er der Romantik ein Schnippchen und verlobte sich wieder. Kleist's Tod war ein ungewöhnlicher, in seiner gewaltsamen Grauenhaftigkeit dieses originellen Menschen würdig. Aber in der Regel wissen die Dichter die Romantik ihrer Werke mit der Spießbürgerlichkeit ihres Erdenwallens zu versöhnen — in einem Umfange zu versöhnen, von dem sich der Bewunderer ihrer Schöpfungen in der Regel nichts träumen läßt. Nach dem Falliment des Buchhändlers Ballantyne schrieb Walter Scott nur noch, um seine Schulden von 147,000 Livres Sterling zu tilgen. Jeder andere Zweck war ihm fremd geworden. An Dumas, diese Scheherezade Europas, und Balzac, den größten Romanschriftsteller des Jahrhunderts, kann man nicht denken, ohne sich zugleich der drängenden Gläubigerschaar zu erinnern, die hinter ihnen stand und ihnen die erwerbende Feder in die Hand drückte.

Alles täuscht und trügt, was an eine Versöhnung von Wahrheit und Dichtung glauben machen will. Wer im Parquet sitzt und nie hinter die Coulissen guckt, gewahrt das nicht so deutlich wie Einer, der mit auf der Scene steht, und spielt er da auch nur

Anmelde=Rollen. In der Poesie wie im Leben der Poeten, in der Kunst wie im Leben der Künstler fallen Dichtung und Wahrheit klaffend auseinander — schwach gefügt ist die Brücke, die von einer zur anderen führt, am schwächsten dort, wo die Dichtung sich abmüht, die Wahrheit zu scheinen, und es doch nimmer erreicht, die Wahrheit zu sein ... Es bleibt Einem nichts Besseres übrig, als Dichtung und Wahrheit zu trennen, den Sonntag loszulösen von den Wochentagen, sich seiner zu freuen und im Sommer in Gottes freier Natur, im Winter beim wärmenden Ofen zu vergessen, daß vorher ein Samstag war und das nachher ein Montag kommt ... Wer weiß, ob wir uns wohl befänden, wenn die Dichtung das leitende Element des Lebens würde, wenn es jährlich 365 Sonntage gäbe und in den Schaltjahren sogar 366!

Ereigniſſe in einer Bücherkiſte.

Einmal bin ich von Frankfurt nach Wien übersiedelt. Das iſt eine koſtſpielige, aber recht angenehme Unterhaltung. Man ſieht aus ſeiner Wohnung ein Möbelſtück nach dem anderen verſchwinden, hat endlich kein Plätzchen mehr, um ſitzen zu können, und im Laufe der Dinge wird Einem zu Muthe, als müſſe man in der nächſten Minute ſelber in eine Binſenmatte eingeſchnürt und in den Eiſenbahn-Waggon geſteckt werden als Collo Nummer ſoundſoviel. Mit einigem guten Willen gewinnt man Allem in der Welt eine roſige Seite ab, namentlich als Menſch von der Feder, der dem ſtoffſpendenden Schickſale dankbar ſein muß. So kommt es, daß die Ueberſiedlung vom Mainzum Donau-Ufer mir eine freundliche Erinnerung zurückgelaſſen hat. Beſagte Ueberſiedlung verſchaffte mir nämlich einen intereſſanten Einblick in die Stellung der berühmteſten Autoren zu einander. Wie das gekommen, will ich kurz berichten.

Meine Bibliothek wurde eingepackt. Bücher für eine Reise rüsten, das ist ein Geschäft speciell für Frauen; sie besitzen Geduld und Zartheit, und diese beiden Eigenschaften sind nöthig, um eine Bücherei gebührendermaßen für die Wanderschaft vorzubereiten. Jeder geistige Arbeiter sollte, ehe er heirathet, von dem Mädchen seiner Wahl eine Bücherkiste packen lassen. Findet die Auserwählte die Formate, die zusammen= passen, sich räumlich gut aneinanderschließen, so hat sie Ordnungssinn. Faßt sie Schiller's Gedichte oder Goethe's „Faust" mit heiliger Scheu an, wie einen Schmetterling, den sie zu lädiren fürchtet, so taugt sie zur Ehehälfte für Einen, der sich zumeist darum be= kümmern muß, wie die Actien der Weltliteratur stehen. Doch um auf meine Bücher zurückzukommen: sie wurden in etliche Kisten gezwängt, ich half dabei und lernte die literarischen Erzeugnisse nach einer neuen Manier eintheilen: in kurze, lange, schmale, breite, dicke und dünne Werke. „Etwas recht Breites!" rief meine Frau. — „Also Klopstock's „Messiade." — „Laß doch die schlechten Witze!" Und dabei langte sie nach einem Atlas des Alterthums. „Jetzt etwas Lan= ges." — „Vielleicht die „Ahnen" von Gustav Freytag? Sechs Bände. Das wird doch lang genug sein?"— Das war meiner Frau zu viel. Sie erwiderte nichts, holte sich aus der Masse einen möglichst oblongen

Autor heraus und murmelte von da an nur halblaut vor sich hin: „Etwas Dickes." „Etwas Dünnes." Vapereau ist dick, Tennyson dünn, ich empfehle diese Classification zukünftigen Gottschall's als Substrat für ein Capitel: „Die Literatur, vom Standpunkte des Uebersiedelns und Einpackens beurtheilt."

Zwei Bücherkisten waren voll und standen in einer Zimmerecke, der Reise gewärtig. Eine dritte zeigte sich ebenfalls bis an den Rand vollgepfropft. Der Deckel lehnte daneben, und so konnte ich sehen und — hören, was im Innern vorging. Jawohl, hören, denn in nächtlicher Stunde wurde in der Kiste gesprochen, viel und lebhaft gesprochen... Ich lag zu Bette und wollte eben einschlafen, als ich ein Gewirre von Stimmen vernahm, das mich veranlaßte, mich vom weichen Pfühle zu erheben. Ich hatte bald entdeckt, daß die Bücher sich miteinander unterhielten, und postirte mich nächst der Kiste, um Augen= und Ohrenzeuge zu sein. Aus dem Wust von Büchern drängte sich eines nach dem anderen empor, bahnte sich mit den Ellenbogen den Weg, redete, so laut es vermochte, und fing zu kreischen an, wenn ein Berufs= genosse es überschreien wollte.

Ich war eben herangetreten, als ein Bändchen Auerbach'scher „Dorfgeschichten," außer sich vor Zorn, hin= und herhüpfte und mit leisem Anklange an den

schwäbischen Dialect ausrief: „Nein, es ist zu arg,
legt man mich zu den Dorfgeschichten von Hermann
Schmid und August Silberstein! Ich protestire,
Himmelkreuzdonnerwetter!" — „Himmelkreuzdonner-
wetter!" tönte es wie ein Echo. Fritz Mauthner's
„Nach berühmten Mustern" hatte Auerbach imitirt.
„Beruhigen Sie sich," sagte Johannes Scherr's
„Geschichte der deutschen Literatur," „die Dorfgeschichten
taugen alle miteinander nichts. Einen großen Staub-
besen soll man nehmen und alles krankhafte Ungezücht
hinausfegen aus der Welt wie Pest und Krätze. Die
Bauernlümmelverherrlichungsfexe soll der Teufel holen."
Dabei schlug Scherr mit den Fäusten um sich, wurde
auf dem Einbande roth vor Zorn, pustete und gab
Zola's „Assommoir," der sich in seiner Nähe befand,
einen Stoß, daß der französische Roman den „Moralischen Novellen" von Paul Heyse ohnmächtig in
die Arme fiel. „Sind Sie unwohl?" frug Marlitt's
„Goldelse" mit ihrem feinen Stimmchen Johannes
Scherr. — „Nein," erwiderte die „Geschichte der
deutschen Literatur," „ich ärgere mich nur." — „Das
wird Ihnen schaden!" — „Im Gegentheile, ich muß
mich dreimal täglich ärgern, wenn ich gesund bleiben
soll." — „Und ich dulde es doch nicht," schrie wieder
das Bändchen „Schwarzwälder Dorfgeschichten," „ich
will respectirt werden nach meinen Verdiensten, denn

ich ſtehe unerreicht da, ich bin claſſiſch." — „Tröſten
Sie ſich," ſagte Robert Hamerling's „Ahasver in
Rom" ironiſch, „es geht anderen Leuten ſchlimmer
als Ihnen. Ich liege tief unten in der Kiſte, als ob
ich Niemand wäre, und Griſebach's „Neuer Tan-
häuſer" liegt zuoberſt, tritt hunderte Dichter mit
Füßen und thut, als käme ihm der erſte Rang zu
in der deutſchen Poeſie." — Da ließ ſich eine Stimme
hören:

> „Ob ihr oben, ob ihr unten ſeid,
> Ob die Matten, ob die Bunten ſeid,
> Friedlich ſollet ihr vertragen euch,
> Zanken nicht und nicht beklagen euch."

Es waren Bodenſtedt's „Lieder des Mirza-
Schaffy." „Vertragen euch, beklagen euch," lachte
Fritz Mauthner. Er wollte offenbar weiter ſprechen,
da fielen ihm Wilhelm Jordan's „Nibelungen"
mit Stentorſtimme in's Wort: „Stellen wir ein- für
allemal feſt, welche Gattung die höchſte iſt. Unſtreitig
das Epos. Und wer iſt der größte Vertreter dieſer
Gattung? Ich, ich, ich." — „Erlauben Sie," unter-
brach Julius Wolf's „Rattenfänger von Hameln"....
— „Ich erlaube gar nichts," gaben Jordan's „Nibelungen" zur Antwort, „ich bin der größte und damit
baſta!" — „Darüber kann Niemand urtheilen als
ich," bemerkte Gottſchall's „Die deutſche National-
Literatur im neunzehnten Jahrhundert." — „Na, ich

denke, daß da noch andere Leute d'reinsprechen dürfen,"
warf Gervinus' „Geschichte der deutschen Dichtung"
ein, und speciell der fünfte Band. Gervinus maß
den dritten Band Gottschall verächtlich von oben bis
unten. — „Höchste Gattung ist das Drama," rief
Laube's „Burgtheater." — „Die Lyrik," entgegnete
Wolf's „Poetischer Hausschatz des deutschen Volkes."
— „Der Roman," behaupteten Spielhagen's „Pro-
blematische Naturen." — „Das Feuilleton," ließ sich
eine Stimme vernehmen, „man kann sogar Stücke
daraus machen." — „Sei ruhig, Paul," beschwichtigte Wilbrandt's „Meister Amor" und fügte hinzu:
„Mein Autor hilft sich, indem er jedes Genre cul-
tivirt. Man muß praktisch sein." — „Ja, ja," seufzten
Emanuel Geibel's „Juniuslieder," „die Zeiten der
Poesie sind längst vorüber. Ich staune darum gar
nicht, in welcher Gesellschaft ich mich hier befinde.
Sehen Sie nur, meine Liebe — und der Band Geibel
wendete sich seufzend zu Hermann Lingg's „Völker-
wanderung" — über mir „La fille aux trois jupons"
von Paul de Kock, unter mir „Consuelo" von George
Sand, rund um mich her: „Führer durch Melk,"
„Katechismus der Geometrie," Brehm's „Illustrirtes
Thierleben" und Liebig's „Chemische Briefe." Da
soll der Teufel Poet bleiben." — „Trösten Sie sich,"
erwiderten Louis Veuillot's ‚Odeurs de Paris.'

„Sehen Sie meine Umgebung an, und Sie werden begreifen, daß mein Schicksal viel schlimmer ist, als das Ihrige. Louis Büchner's „Kraft und Stoff" liegt wie Centnerlast auf mir, Karl Vogt's „Vorlesungen über den Menschen," Ernst Haeckel's „Natürliche Schöpfungsgeschichte" und Schopenhauer's „Welt als Wille und Vorstellung" reiben sich an mir und ich kann nicht entfliehen, ich liege eingepreßt zwischen Büchern, die ich hasse." — „Ruhig! Sie stören mich im Nachdenken," klagte plötzlich Buckle's „History of civilisation in England." — „Schweigen Sie, Sie elendes Fragment," höhnten im Chorus die 48 Bände von Vehse's „Geschichte der deutschen Höfe seit der Reformation." — „Mäßigung, meine Herren und Damen," flehte Carrière's „Aesthetik."

Niemand achtete auf diese Mahnung, ausgegangen von einem Priester des Schönen. Der Sturm in der Kiste wurde immer heftiger und heftiger. Jedes Buch beanspruchte den ersten Rang für sich, keines wollte auf dem Boden der Kiste bleiben, eines drängte, drückte, stieß und quälte das andere, Wilkie Collin's „After dark" und Ouida's „Strathmore" ließen sich sogar in eine kunstgerechte, englische Boxerei ein. Ich dachte einen Augenblick daran, die Bücher umzupacken und sie nach Gattungen zu sortiren, damit

Ruhe eintrete. Aber Gottfried Keller's „Grüner Heinrich," als hätte er meinen Gedanken errathen, erklärte: „Ich muß meine Kiste für mich allein haben, denn ich bin originell und brauche daher meinen Platz mit Niemandem zu theilen." — „Ganz mein Fall," verkehrten Heinrich v. Kleist's „Erzählungen," und mit der gleichen Reclamation kamen Grabbe's „Gesammelte Werke," Leisewitz' „Julius von Tarent," Gerstenberg's „Ugolino," und durch alle Stimmen sich bemerkbar machend, schrie Gregor Samarow's „Um Scepter und Kronen": „Ich muß ebenfalls meine Kiste für mich haben. Mit Theodor Storm und Wilhelm Jensen reist Unsereins nicht." In einer kurzen Pause ließ Albert Lindner's „Brutus und Collatinus" sich durch Dingelstedt's „Münchener Bilderbogen" der Tieck = Schlegel'schen Shakespeare=Ausgabe vorstellen, klopfte ihr auf die Schulter und sagte: „Brav, lieber Collega, ich schätze Sie sehr hoch." — „Ich weiß wirklich nicht, wie ich zu dieser Ehre komme," war die Antwort.

Durch die Büchermasse drängten sich einige Damen=Producte, „Hinko, genannt der jüngere Sohn" von der Birch=Pfeiffer, „Schöne Frauen" von Elise Polko und „Onkel Tom's Hütte" von Harriet Beecher=Stowe und flüsterten miteinander, bis der Band Birch=Pfeiffer vernehmlich sagte: „Wären wir Damen

unter uns, so ließe sich reisen. Aber diese Männer=
gesellschaft mit ihren Unarten, Schwerfälligkeiten, mit
ihrer Freude am Trinken verleidet Einem das Leben.
Die ganze Zeit ächze ich unter der Nähe von S ch e f =
f e l's „Trompeter von Säkkingen" und von H e i n e's
„Gesammelten Werken." Eine nette Nachbarschaft
das!" — „Sie haben ja so Recht," gaben Elise Polko
und Harriet Beecher=Stowe zur Antwort, wendeten
sich ab und meinten gleichzeitig: „Lächerliche Person,
diese Birch=Pfeiffer! Nichts als Theater=Handwerkerei."
Dann murmelte die Amerikanerin mit einem Seiten=
blick auf die Polko: „Blutleeres Mondscheingefasel,"
und die Polko mit einem Seitenblick auf die amerika=
nische Schwester in Apoll: „Läppische Kindergeschichten!"

„Ich bitte um Ruhe!" gebot Ernst E ck s t e i n's
„Schach der Königin." „Wir wollen durch Stimmen=
mehrheit entscheiden, wer unter den Anwesenden der
Bedeutendste ist. Hat Jemand den Muth, sich selbst
dafür zu erklären, so rufe er Ja ..." S ä m m t l i ch e
Bücher riefen „Ja," sogar der „Führer durch Melk"
und der „Katechismus der Geometrie."

Nun entstand ein Tumult, wie ich noch nie einen
ähnlichen gehört. In einem halben Dutzend Sprachen
heulten die Bücher durcheinander, aber kein einzelnes
Wort war zu verstehen, nicht einmal S ch e r r's Grob=
heiten konnte man unterscheiden...

13*

Da mußte etwas Energisches geschehen.

Ich nahm Nägel, einen Hammer, legte den Deckel auf die Kiste und verschloß diese. Mit dem letzten Hammerschlage trat Ruhe ein. Nun mußten sie alle sich ruhig verhalten, nun mußten sie miteinander reisen. Aber ich bin begierig, wie sie sich vertragen haben. Morgen nehme ich den Deckel von der Kiste ab und will nachsehen, in welchem Zustande sich mein Vorrath an Weltliteratur befindet. Vielleicht bekommt ein Wundarzt zu thun.

Aus dem „lateinischen Lande."

Alfred de Muffet, Henri de Murger, Gérard de Nerval, all' die großen Vertreter der Bohême waren schuld daran, daß ich einmal im Quartier latin mein Pariser Zelt aufgeschlagen ... Hier wollte ich sie Alle suchen: Mimi Pinson, die Gesellschaft der „Wassertrinker," die Étudiantes... Nun, die Dichter haben, wie sie das immer thun, auch hier die Wirklichkeit übertrieben, Mimi idealifirt und den „Wassertrinkern" einen Heroismus verliehen, den sie kaum besitzen. Aber trotzdem ist noch heute ein gut Stück Zigeuner=Sorglosigkeit in diesem Viertel von Paris zu finden.

Das Viertel existirt officiell nicht mehr, man hat es aus der Liste der Lebenden gestrichen... Gérard de Nerval hat sich vor Hunger erhängt, Muffet und Murger sind jung gestorben.... Die französischen Schriftsteller von heute bemühen sich gute Bourgeois

zu werden und einen Sparpfennig für ihr Alter
zurückzulegen .... Aber die alten Traditionen leben
fort, das Quartier latin existirt nicht nur nach wie vor,
es hat sich erweitert und vergrößert, es greift hinüber
in's Faubourg St. Germain, welches das Privilegium
des Aristokratenheims schon längst mit den Boulevards
und den Avenues theilen muß. Es umfaßt den größten
Theil des linken Seineufers, des Ufers, an welchem
die Akademie, das Pantheon, die großen Bibliotheken,
die berühmtesten Verleger, die Antiquitätenhändler,
die Bouquinisten mit ihren hunderttausend Scharteken
placirt sind. Am linken Seineufer herrscht der Geist,
am rechten das Geld; hier die Intelligenz, dort der
Besitz; hier die „Studentin" die mit ihrem Studenten
lustig darauf los hungert, dort die Cocotte, die in
ihrer Equipage in's Bois de Boulogne fährt, hinter
sich einen kleinen Neger als Lakaien.

Im „lateinischen Lande" sind alle wichtigen
Schulen zu finden; hier werden Künstler, Advocaten,
Aerzte, Ingenieurs, Bergmänner u. s. w., u. s. w.
herangebildet; hier haben die meisten Maler und
Bildhauer ihre Ateliers; hier hört man in der letzten
Crêmerie geistsprühende Debatten über Republik und
Monarchie, glänzende Vorträge über Michel Angelo
und Nicolas Poussin; hier tanzt man Cancan noch
mit jugendlichem Elan, und von Mund zu Mund

geht der Ruf der Étudiante, die beim Cancanniren
mit ihrer Fußspitze einem Zuseher den Cylinderhut
vom Kopfe schlägt. Das linke Ufer und das rechte
haben ihre speciellen Berühmtheiten; ich ziehe diejenigen
vom linken vor, denn drüben wohnen die Blasirtheit
und Uebersättigtheit, hier noch der unstillbare Hunger
und Durst, die von der Tafel des Lebens noch in
vollen Zügen und in riesigen Bissen genießen wollen...
Nicht weniger als 11.000 Studenten, darunter etwa
5000 Mediciner, bevölkern durchschnittlich das Quartier latin. Eilftausend und doch nur Einer! Denn
auch hier ist der Student ein Typus, und wer Einen
kennt, kennt Alle. Aber welcher Unterschied herrscht
zwischen den deutschen und den französischen Studenten!

Dieser weiß Nichts von einer Burschenschaft, Nichts
von Cerevis und voller Wichs; er raucht aus keinem
„System," sondern dreht sich Cigarretten oder steckt sich
eine Cigarre in's Gesicht; er trägt Sommer und Winter
einen wohlgebürsteten Cylinder, läßt seine Haare kurz
scheeren, bemüht sich, die Stutzer vom anderen Ufer
zu imitiren und trinkt kein Bier, sondern Wein,
Cognac, schwarzen Kaffee und Absynth; er kennt keinen
„Commers," sondern einen „Punch"; er schließt keinen
ewigen Freundschaftsbund mit einem Commilitonen,
sondern er theilt Wohnung und Börse mit einer Freundin, die Näherin, Modistin oder Schneiderin ist und

die er jeden Donnerstag zu Bullier und jeden Sonntag
nach Asnières oder Bougival führt; er hofmeistert
nicht und gibt keine Lectionen, denn entweder sorgt seine
Familie oder der Staat für ihn — wer keine solche
Geldquelle besitzt, studirt in Paris eben nicht; er singt
keine Burschenlieder, für den schwarzen Wallfisch von
Askalon oder für Pumpius von Perusia fehlt ihm
jegliches Verständniß, er singt mit weiblicher Begleitung den Pariser Gassenhauer:

> „C'est vingt-cinq francs,
> C'est vingt-six francs,
> C'est vingt-sept francs cinquante;
> C'est ça qu'est l'vrai bonheur
> Allons, vas-y d'bon coeur.
> C'est vingt-cinq francs,
> C'est vingt-six francs,
> C'est vingt-sept francs cinquante;
> C'est ça qu'est l'vrai bonheur,
> Parole d'honneur . . .“

Nicht vom Commers, sondern aus dem Café
chantant holt er sich seine Lieder, und während er
„ochst,“ trällert seine Gefährtin sie vor sich hin, er
hat in seinem Käfig einen Vogel, ohne dessen Zwitschern
er nicht leben kann ... Der Pariser Student verfügt,
wie gesagt, über einige Geldmittel, aber für Zwei
reichen diese schwerlich aus und so müssen Étudiant
und Étudiante sich auf sehr wohlfeile Vergnügungen
beschränken. Bei Bullier, in der ehemaligen Closerie

des lilas, hat die Dame freien Eintritt, der Herr bezahlt einen Franc und für diesen Franc amusirt man sich eine Nacht hindurch und kommt dabei auf seine Kosten. Das Tanzvergnügen bei Bullier beginnt um zehn Uhr Abends.

Was aber bis dahin mit dem Abend beginnen? Man geht in's Café chantant, und zwar in eines, das speciell den Studenten gehört: in's Concert du châlet auf dem Boulevard St. Michel. Der Fremde, der Paris beobachten will, mengt sich hier unter die Studenten, und was er im Châlet zu sehen und zu hören bekommt, gehört zu den lustigsten Episoden in diesem großen Spectakelstück, in welchem Posse und Tragödie einen gleich großen Antheil haben, genannt: „Pariser Leben." Aber wie es beschreiben? Man müßte, um dies zu vermögen, die Feder in Ueber= muth, in schallendes Lachen, in Jugend und Sorg= losigkeit tauchen. In Châlet, wie überall, wo der Pariser Student Unterhaltung sucht, erwartet er nicht, daß man ihn unterhalte, sondern er selbst nimmt das Programm auf sich, er amusirt die Genossen, er wird zum Acteur. Das eigentliche Programm des Châlet ist nicht besser, als jenes aller übrigen europäischen „Tingel=Tangel." Tenöre, die an keinem Theater mehr ein Engagement finden, wechseln mit Chansonnetten= sängerinnen ab, die heiser sind, aber durch Schminke zu ersetzen suchen, was ihnen an Organ mangelt, und die Watta, welche den Hörern in die Ohren zu wünschen wäre, in den Strümpfen tragen.

Jongleurs, Gymnastiker, seiltanzende Affen, gelehrte Pudel vervollständigen das Vergnügungsmenu, und hie und da kommt ein Japanese oder Chinese hinzu, um Proben asiatischer Kunstfertigkeit zu liefern. Aber was auf der Bühne vorgeht, ist Nebensache. Die Bühne liegt im Zuschauerraume, und die angekündigten Mitwirkenden machen eigentlich das Publikum aus ...

Das Châlet ist jeden Abend überfüllt. Etwa zwölfhundert Menschen finden sich da ein, darunter mindestens achthundert Studenten, dreihundert Étudiantes und etwa hundert Fremde. Ehe die Vorstellung beginnt, wird im Hause eine lebhafte Conversation geführt. Ueber zehn Bänke hinweg, von einem Ende zum anderen, vom Parterre zur Gallerie, wird laut conversirt. Alles kennt einander, man hört Nichts als Taufnamen und hier und da gratulirt Alphonse einem Erneste dazu, daß Josephine dem Letzteren durchgegangen ....

Niemand staunt über die öffentliche Behandlung einer so delicaten Angelegenheit ... „Cht! Cht!" ruft es plötzlich. Das Orchester beginnt und achthundert Menschen pfeifen das Musikstück mit. Der Fremde

fällt vor Lachen schier von seinem Sitze, dem Ein-
heimischen ist das aber nichts Neues, er hat sich an
dieses Accompagnement gewöhnt. Nun tritt Madame
Leontina auf, eine seriöse Sängerin, und trägt das
rührende Lied: „La chaumière de Ketty" vor. Die
Achthundert schweigen, aber sie begleiten das sentimen-
tale Stück mit parodistischen Bewegungen, sechzehn-
hundert Arme besorgen die Gesten zu dem ergreifenden
Gesange. Madame Leontina tritt ab, die Achthundert
applaudiren rasend ... Pause. Plötzlich ruft es aus
einer Ecke, wie in den großen Theatern während der
Zwischenacte: „Le programme! Le petit journal!
Le petit moniteur! La France! L'entr'acte!"

Kein Zeitungsjunge entsendet diese verführerischen
Rufe, sondern ein Jurist, der sein Nachahmungstalent
beweisen will. Die Versammlung begreift schnell, und
wenn der Jurist wiederholt, stimmen die übrigen 799
mit ein: „Le programme! Le petit journal! Le petit
moniteur! La France! L'entr'acte!

„Cht! Cht!"..... Auf der Gallerie steht ein
Mediciner auf: „Messieurs!" ruft er... „„Très-bien!
très-bien! Parlez"".....„Messieurs! Permettez"....
Aber er spricht nicht weiter. Im Hintergrunde der
Gallerie taucht ein Sergent de ville auf und bedeutet
dem jungen Manne, keine Rede zu halten. Dieser
gibt nach, setzt sich wieder... Auf der Bühne läutet

man. „Entrez!“ schreien die Achthundert. Der Vor-
hang geht auf. Madame Anisette singt eine Chansonnette.

Den Refrain heulen die Achthundert mit, was
Madame Anisette nicht im Mindesten beirrt, und hie
und da wird aus der Chansonnette ein Dialog: „Est-
ce-que je dois vous le dire?“ hat Madame Anisette
zu singen, da ihre Chansonnette von der Liebe erzählt.
„Non ça ne vaut pas la peine!“ brüllt ein Student.
„Dites toujours! dites!“ entgegnet ein Anderer. Und
dann wogen die Stimmen durcheinander, Madame
Anisette, der solche Scenen nichts Neues sind, wartet
fünf Minuten und singt hierauf weiter... Neue Pause.
Ein Theil der Versammlung kräht, ein Theil grunzt,
bis der Redner auf der ersten Gallerie wieder beginnt:
„Messieurs!“ Neues Erscheinen des „Sergent de
ville.“ Der Redner läßt sich abermals beschwichtigen...
Jetzt aber machen die Achthundert sich das Vergnügen,
zu — bellen, mit täuschender Natürlichkeit zu bellen.
Ich konnte mir das nicht erklären, aber gelacht habe
ich dabei, wie noch nie im Leben und einen Moment
lang verspürte ich die Anwandlung, mitzubellen. Endlich
kam die Erklärung. Ein Hundedresseur trat auf, die
Habitués des Châlet wußten das und bellten eben
eine kleine Einleitung zu dieser Production.... Ein
Tenorist trägt mit unglaublichem Aufwande an Gefühl das Lied vor: „Si j'était petit oiseau!“ Rasender

Beifall. Er singt als Zugabe: „Je voudrais être capitaine".... „Entscheiden Sie sich," ruft ihm ein Étudiant entgegen, „entweder man will ein kleiner Vogel sein oder ein Capitän, aber doch nicht Beides." Die ganze Corona schreit „Bravo!".... Nebenbei bemerkt, trägt der edle Sänger keine Handschuhe, sondern fingirt solche, indem er sich die Hände ein- mehlt. Er dankt für den ihm gewordenen Beifall, legt die Hand an's Herz und zum Gaudium des Publikums zeigt der Frack einen schneeweißen Abklatsch fünf riesiger Finger... Unter solchen Scherzen verläuft der Abend. In einem Zwischenact schwenkt der Redner auf der Gallerie seinen Hut. „On ne me permet pas de faire un discours," versichert er und geht dann.... Bei einem sentimentalen Liede, seufzen die Achthundert so herzzerbrechend, daß man weinen möchte — die drei- hundert Étudiantes helfen, im Vertrauen gesagt, beim Bellen, Seufzen, Krähen und Grunzen nicht selten mit — und zum Schluße ertönt es, wie aus Einem Munde: „Bon soir!" Die Pariser Studenten- vorstellung ist zu Ende.

Es regnet.

In dem Augenblicke, da ich diese Zeilen schreibe, glüht und brennt eine respectable Morgensonne mir zum Fenster herein, verkündet einen heißen Mittag und hält mich zum Besten, indem sie mich zu dem echt menschlich=dummen Gehaben verleitet, heute wie gestern und ehegestern auf den Abend zu hoffen, als müsse dieser mit kühlenden Lüften Erlösung und Linderung bringen. Morgens etwas vom Abend erwarten, Abends — immer enttäuscht — etwas vom Morgen — das ist ja unser Aller Los, und wir ertragen es gern, denn was nützte es uns, wenn wir so vernünftig wären, uns klarzumachen: auch der Abend wird drückend und schwül sein... Aus einem Fenster meines Arbeitszimmers blicke ich hinaus in einen weitläufigen Hofraum; von den hellgetünchten Mauern, von den ausgespannten, weißen Rouleaux strahlt und brennt es ganz unerträglich wider; die Mägde, welche Küchenvorrath holen oder bringen, sie gehen oder kommen in fliegender Eile, damit die Hitze ihnen nicht nachlaufen könne; ein großer Hund hat sich dicht neben den Brunnen gelagert, die Blumen, die in den Fenstern stehen, klagen ganz hörbar über Durst, und auf dem geräumigen Plan herrscht jene Stille, welche Furcht vor der Hitze bedeutet, unterbrochen nur dadurch, daß zwei heterogene Geräusche sich verbinden: bei einer Wohnpartei wird ein Teppich geklopft, bei einer andern „La donna è mobile" auf einem Clavier, das sich nicht wehren kann, vorgetragen.

Ich habe mich an den Schreibtisch gesetzt, in der löblichen Absicht, etwas sehr Ernsthaftes zu schreiben. Aber, was ich auch thun mag, ich komme immer dazu, an die Hitze zu denken und an die Maßregeln, die sich gegen sie ergreifen ließen. Was ist natürlicher, als daß ich mir einen wohlthätigen Regen vorstelle, daß ich mir im Geiste ausmale, wie köstlich das wäre, wenn plötzlich das wunderbare Naß niederginge in Strömen. Und ich vergesse der Vorsätze, die ich hatte, mich mit den wichtigsten Dingen zu beschäftigen, und lasse es regnen zur Freude der Menschen, die da leben auf Erden. Jedermann hat wohl schon beobachtet, daß ein Wort, ein Laut, ein Geruch Einen auf eine ganze Reihe von Erinnerungen, Betrachtungen und Gedanken bringt. Ein Parfum, welcher dem Taschentuche einer Nachbarin im Theater entströmt, ruft uns in's Gedächtniß eine erste Liebe zurück, eine jahrelang vergessene Neigung. Als ich auf der Malzdörre einer großen Brauerei stand und die Ueberbleibsel des Malzgeruches mir in die Nase drangen, standen plötzlich mit allen intimsten Details einige meiner Kinderjahre vor mir, die ich in einem Fabriksgebäude in der Nähe von Malzvorräthen zugebracht. So hängt Physisches und Psychisches zusammen. Man könnte oft meinen, das Gedächtniß habe Geruchssinn, die Nase Reminiscenzen ... Wie ich nun also an den Regen denke, wird mir auch schon kühler. Ich sehe und höre den Regen, verspüre seine wohlthätige Wirkung, denke an Bäche, Flüsse, Ströme, an die See. Norderney, Helgoland, Ostende — ich tauche unter, und über mir schlagen die brausenden Wellen zusammen, ach, wie das erfrischt, solch' ein Seebad am Schreibtische!

Es regnet also.

Der Regen gibt einer Stadt eine besondere Physiognomie. Er fördert allerlei Komisches zu Tage für Diejenigen, die Augen haben, um zu sehen. So eigentlich schön ist er freilich nicht im Häusergewirre der Residenz, sondern draußen auf dem Lande, im Grünen, dort, wo er Berge und Wälder benetzt ... Mitten im alten, von Jahrhunderte zählenden Bäumen dicht bestandenen Park erhebt sich das Herrenhaus.

Dort lehne ich am geöffneten Fenster und schaue hinaus auf die Eichen und Tannen, auf duftige Blumenbeete. Und da sehe ich, wie Gräser und Blumen in die Hände klatschen aus Freude über den Regen, wie ein Rosenstock sein blutrothes Käppchen jauchzend in die Höhe wirft und „Evoë" ruft, wie eine Weiß= buche so lange trinkt und trinkt, bis sie zu viel hat des Guten und nur noch unsicher steht auf ihrem langen, silberhell umrindeten Beine, und mit halber Stimme das Studentenlied singt: „Poculum elevatum, quod nobis est pergratum" ... Nun hört der Regen auf. Ueber jede Wiese ist ein neuer, prangender Teppich gebreitet, die Bäume schütteln sich, von den Aesten fallen blinkende Perlen nieder auf den Rasen, die Vögel zwitschern und singen einander die Geschichte vom Regen zu, die Berge treten wieder klar hervor mit ihren scharf vom Horizont sich abhebenden Linien, das nahe Bächlein aber ist geschwollen und macht Lärm, als wollte es sagen: „Seht, so stark bin ich. Hört einmal, wie ich rauschen kann."

In der Stadt gibt es nicht so auserlesene Pracht. Die hohen Häuser machen den Regen zu einem nüch= ternen Gesellen. Wohl blicken uns Wienern die letzten Ausläufer der Voralpen in die Stadt, damit wir der Berge und Thäler nicht vergessen im großstädtischen Treiben, aber es gibt sechs Werkeltage in der Woche

und die Zahnradbahn ist weit. Will Unsereins sich
den Regen besehen und das, was er mit sich bringt, so
muß er es in Wien besorgen. Wien bei Regen ist
aber gar nicht so übel — es gibt Leidiges und Lustiges
zu schauen, das Lustige überwiegt sogar, und das ist
ein Zug, der im menschlichen Leben zählt. Man hat
die Wahl, sich den Regen vom sicheren Port aus zu
betrachten oder unter die Bewässerungs-Objecte hinab-
zusteigen. Der Gott, der uns eine Sprache gab,
schüttete für das Alltagsleben just kein überreiches
Füllhorn von Conversationsstoffen über uns aus.
Darum sei er gelobt, daß er den Regen zu einem
Factor im Haushalte der Natur gemacht hat. „Wird
es heute regnen?" Diese Frage bleibt ewig neu und
interessant. Sie wird denn auch zur Sommerszeit in
jeder honneten Familie etlichemale täglich gestellt, auf
dem Wege der Muthmaßung beantwortet, erörtert,
so daß sie manche Minute ausfüllt, mit der die
Betreffenden nichts Anderes anzufangen wüßten. Er
sei darum gepriesen, der liebliche Regen! Die Frage
taucht mit einer leisen Variation besonders häufig
vor Sonn- und Feiertagen auf. Alle Welt möchte am
nächsten Morgen der Stadt entrinnen. Aber — ja
aber: „Wird es morgen regnen?" That 's the que-
stion. In jeder Familie hat man entweder ein Wetter-
glas oder einen Laubfrosch oder eine Großmutter, bei

der sich der Regen in den Hühneraugen ankündigt.
Eines dieser Orakel wird zu Rathe gezogen. Zum
Malheur ist keines von ihnen unfehlbar, so wenig,
wie die in den Sommerfrischen Wohnenden sich auf
den stereotypen „wetterkundigen" Bauer verlassen
dürfen. Sie möchten in puncto der sonntäglichen In=
vasion beruhigt sein und fragen den ruralen Propheten.
Der verspricht natürlich Regen, bekommt dafür ein
Trinkgeld oder ein Glas Wein, am nächsten Tage ist
das herrlichste Wetter da, und mit ihm ein Dutzend
Gäste zum Diner ... Ist das ein Hangen und Bangen
in schwebender Pein, wenn der Wiener mit unfrommen
Gedanken an befreundete Küchen in der Umgegend
sich und den Seinigen die Frage stellt: „Wird es
morgen regnen?" Und nun kommt der Sonntag selbst.
Schon zu frühester Stunde wird da und dort das
Eckchen eines Rouleaux beiseite geschoben und ein Kopf
kommt zum Vorscheine — ein Prototyp von Schlaf=
trunkenheit, ein Damenkopf mit Papilloten oder ein
Männerkopf mit aufrecht geschlafenem Haar, so daß
man meint, eine als Perrücke benützte Kleiderbürste
zu sehen — und guckt in die Welt hinaus und weiß sich
nicht Rath, denn an Sonntagen fehlt ein Anzeichen,
das während der Woche sich darbietet: der Rauch,
der aus den mächtigen Fabriksschloten nicht in einem
senkrechten Wirbel emporsteigt, sondern horizontal sich

14*

dahinschlängelt und verflüchtigt wie eine verschwimmende Wolke. „Wird es regnen?" So sieht die Frage in ihrem ersten Stadium aus. In ihrem zweiten lautet sie: „Wird es aufhören zu regnen?" Es gibt nämlich einen Regen, der gar keinen anderen Zweck hat, als die Menschen zu ärgern. Er fängt an, hört wieder auf, fängt wieder an. Das Alles in Zeitläuften von je zehn und zehn Minuten. Und was ist das Resultat? Man entschließt sich zu Hause zu bleiben ... Man geht aus ... Man kehrt nach Hause zurück ... Man geht wieder aus ... Und so fort mit Grazie, bis schließlich Diejenigen, welche mit den naturwissenschaftlichen Gesetzen auf besonders vertrautem Fuße stehen, das große Wort gelassen aussprechen: „Es regnet natürlich nur, weil ich eine Landpartie unternehmen wollte." Dieser Lehrsatz steht auf gleicher scientifischer Höhe mit dem Ergebnisse jahrelanger Empirie: „Wenn ich keinen Regenschirm mitnehme, regnet es sicher; wenn ich einen mitnehme, regnet es sicher n i ch t." Die Gelehrten bekümmern sich um solche Resultate der alltäglichen Erfahrung viel zu wenig. Sie sind in solchen Dingen jedem vernünftigen Worte unzugänglich.

Das sicherste Anzeichen ist's, wenn man die schweren Tropfen aufklatschen hört auf Dach und Pflaster. Das Pflaster wird feuchtdunkel, auf die Dächer

legt sich ein schimmernder Atlasglanz, und die Dienst-
boten stellen Töpfe mit Blumen in Reih' und Glied
im Hofe auf, damit die Blumen sich erfrischen, und
von Fenster zu Fenster im ganzen Carré des Hofes
entwickeln sich laute Gespräche über vermuthliche
Dauer, Zweck, Bedeutung und Nutzen dieses Regens.
Zwei Frauen trösten einander mit der Bemerkung,
daß dieser nicht lange dauern könne. „Nein, höchstens
zwei bis drei Tage," fährt ein Studiosus dazwischen,
der sich an dem Entsetzen der Philisterinnen weidet.
Das Alles sieht und hört man aber nur von den
Hofzimmern aus; in Wiener Häusern, namentlich in
den älteren in der Vorstadt, ist der Hofraum eine
Bloßlegung des Innersten. Dort wird Alles verhan-
delt, dort spielen die Leierkästen und singen die Harfner
mit ihren Mignons, dort finden die Versteigerungen
gepfändeter Möbel statt — an Hof- und Personal-
Nachrichten fehlt es dort von früh Morgens bis spät
Abends nicht. So hat auch der Regen im Hof seine
eigene Physiognomie, denn er findet da sogar Leute,
die ihn in Kübeln auffangen wie die leibhaftige Manna.
Von einem Straßenfenster aus betrachtet, liefert er
ganz andere Bilder. An ein solches Fenster trete ich,
und ich sehe hinab auf ein Meer von dunklen Regen-
schirmen, von möglichst rasch dahinjagenden Wagen,
von Menschen, die sich wie nasse Pudel geberden.

Mich duldet es nicht im Zimmer. Ich nehme Hut,
Kautschukmantel, Schirm, stülpe die Beinkleider auf
und wandere hinaus. Im Hausflur stehen etwa dreißig
Personen. Sie wollen hier abwarten, bis der Regen
zu Ende ist. Dicht aneinandergedrängt, so Männlein
wie Weiblein, verharren sie da auf engem Raume,
schauen ängstlich fragend hinaus in's feindliche Leben,
und wortlos, ohne sie zu beachten, geht der Portier
an ihnen vorüber. Er zieht die Kappe fester als sonst
über den Kopf, zündet sich seine Pfeife an und dampft,
was Zeug hält, um den Flüchtlingen seine ganze
Gleichgiltigkeit zu beweisen. Für ihn existiren sie nicht,
für ihn sind sie Dunst, Luft, nichts, absolut nichts.
Er weist die Leute nicht hinaus, weil er sich fürchtet,
„in die Zeitung zu kommen," aber er duldet sie nur,
weil er nicht anders kann ... Durch den Flur trete
ich hinaus, eine lebendige Illustration zu dem Worte
Clemens Brentano's, „es sei das sicherste Kenn-
zeichen des deutschen Philisters, daß der Regen ihn
nie ohne Regenschirm trifft." Meine gute Wehr in
der Hand, marschire ich tapfer drauf los. Aber bald
carambolirt mein Schirm mit einem anderen, bald
stößt Jemand mir eine Spitze seines Schirmgestells
in's Gesicht, ich erlebe eine tragische Episode nach der
anderen, bis endlich etwas mich gründlich erheitert:
ein kleiner Junge, der aus der Schule kommt, auf

dem Rücken sein Ränzel Wissenschaft, in der Rechten
einen Schirm, unter dem mindestens ein Dutzend
solcher Jungen Platz fände. Natürlich weicht Alles
ihm aus, und der Knirps geht gravitätisch unter seinem
Baldachin nach Hause. Die Chinesen sind so höfliche
Leute und doch ist China das Vaterland des Regen=
schirmes. Wie schwer hält es aber, mit einem Regen=
schirme in der Hand höflich zu sein, an Niemanden
anzurennen, Niemandem ein Löchlein in den Kopf zu
bohren, Niemandem ein Aeuglein auszustechen oder
gar den Hut vom Haupte zu werfen! Wie schwer ist
überhaupt die Kunst, einen Regenschirm zu tragen!
Die wenigsten Menschen verstehen das. Ganz abge=
sehen von den Hyperklugen, welche ihn geschlossen mit
sich führen, um ihn nicht der Nässe auszusetzen, gibt
es Passanten, die sich mit ihren Schirmen in diejenigen
anderer Leute verwickeln; solche, welche auf ihre Neben=
menschen kein Auge richten und möglichst vielen Zeit=
genossen auf die Füße treten; solche, die den Schirm
wie ein gefälltes Bajonnet handhaben und damit
harmlose Wanderer aufspießen; solche, die den Schirm
militärisch schultern, dadurch Gewölbschilder beschädigen
und mit der Polizei in Conflict gerathen, und noch
unzählige andere Gattungen, die ich alle zu erwähnen
gedenke in einem für J. J. Weber in Leipzig vor=
bereiteten Werke: „Katechismus des Regenschirm=

tragens." Nicht zu weit nach vorwärts, nicht zu weit nach rückwärts, nicht ausgesprochen rechts oder links, nicht zu verwegen und nicht zu schüchtern — so macht man Carrière und so trägt man Regenschirme. Ich trage den meinen, so gut ich kann, ein Windzug macht einen Versuch, das Gestell meines Schirmes umzudrehen, aber die Gefahr geht vorüber, ich freue mich dessen, blase etliche Wolken meiner Manilla unter dem seidenen Dache hervor, da kommt ein Mensch ohne Schirm, triefend von Kopf bis Fuß, zieht eine Cigarre aus der Tasche und bittet mich um Feuer. Ich kann mich nicht enthalten, zu lachen, der Andere bleibt ernsthaft, ruinirt mir meine Cigarre, wird durch den strömenden Regen verhindert, die seinige in Brand zu versetzen, dankt dann sehr höflich, und entfernt sich. Neben Spaziergängern, die sich sichtlich wohl fühlen und den Hut abnehmen, um sich den Kopf anregnen zu lassen, gibt es andere, die auf- und davonrennen, als liefe der Regen ihnen nicht nach. Ich betrachte mir auch den k. k. Bureau-Chef, der gravitätisch im Regen dahingeht, als könne dieser nur einem Subaltern-Beamten etwas anhaben. Ihm, dem k. k. Bureau-Chef, ist der Regen vollkommen gleichgiltig. Ich betrachte die schönen Wienerinnen mit ihrem elastischen und doch festen Gange, wie sie selbst im Regen zierlich marschiren, allen Lachen und

Pfützen zum Trotze die Schuhe rein erhalten und die straff gezogenen Strümpfe vor jedem Fleckchen bewahren. Ich betrachte auch die diversen Kutscher. Sie produciren auf dem Gebiete der Regenmäntel das Gewagteste, was die menschliche Phantasie nur ersinnen kann. Ein Comfortable-Kutscher trägt sogar ein Damen-Mantelet. Aber es kleidet ihn nicht gut. Und was ich sonst noch sehe! Die überfüllten Tramway-Waggons, in denen ein Passagier am anderen naß wird. Gelbe Placate mit rothen Querstreifen: „Wegen ungünstiger Witterung verschoben." Die überfüllten Gast- und Kaffeehäuser, in die man sich flüchtet, um entsetzt den Einfluß des Regens auf Bier und Wein zu bemerken. Die ironische Ruhe der Kutscher, die schon einen Passagier führen und von einem anderen nutzlos angerufen werden. Und ich sehe auch mit Wehmuth, daß die Galloschen aussterben wie die Eingeborenen der Sandwichs-Inseln, die Möpse und die Steinböcke. Aus meiner Kindheit erinnere ich mich noch, daß bei Regenwetter in jedem Vorzimmer die Zahl der aufgestellten Galloschen genau annoncirte, wie viele Personen sich in der Wohnung befanden. Es gab keinen Menschen ohne Galloschen. Wo sind diese Zeiten! Heute tragen außer Staatspensionisten, namentlich denen in Graz, nur noch Provinz-Charakterspieler Galloschen, um sich jenen schleichenden, geräuschlosen

Gang beizulegen, durch welchen sich bekanntlich im wirklichen Leben a l l e heuchlerischen, intriguanten und selbstsüchtigen Menschen behufs leichteren Erkanntwerdens auszeichnen. Und noch etwas Schmerzliches gewahre ich! Es ist aus der Mode gekommen, Damen auf der Straße Regenschirm=Begleitung anzubieten. Männer mit Schirmen gehen an Frauen, die ohne solche durch den Regen waten, vorüber, ohne eine Miene zu verziehen. Ich glaube, daß darauf die Abnahme der Heiraten in Wien mit zurückzuführen ist. Eine andere Ursache wüßte ich nicht. Unsere Mädchen werden immer einfacher und anspruchsloser, so daß ein Mann immer weniger Scheu davor empfinden muß, sich einen Hausstand zu gründen. Aber es fehlt ein wichtiger Anknüpfungspunkt zu Bekanntschaften zwischen Herren und Damen, seitdem sich bei Regenwetter keine Galanterie mehr entwickelt . . . „O mein Herr, ich kann Sie nicht länger berauben." — „Behalten Sie den Schirm nur, mein Fräulein, ich bin so frei, ihn morgen bei Ihren Eltern („Herren Eltern" sagt der Wiener) abzuholen." — Eine Verbeugung. Man geht auseinander. Drei Monate später Verlobung, dann Hochzeit und so weiter. Das Alles ist vorüber. Man trägt heute keine Galloschen und bietet Damen keine Schirme an. Solche Kleinigkeiten sind Bausteine zum Tempel einer Culturgeschichte unseres

Jahrhunderts. Ehemals wurden Heiraten im Regen geschlossen. Während ich daran zurückdenke, fällt mir ein, daß die Italiener für die Kunde: „Es regnet," die reizende, sprichwörtliche Umschreibung haben: „La moglie del diavolo fa il buccato." Des Teufels Weib hat Waschtag.

Ein vergessenes Grab.

Nicht selten passirt es, daß man ein Ding, an dem man jahrelang achtlos vorübergegangen, plötzlich mit sehenden Augen beschaut: ein Haus, eine Statue, ein Wahrzeichen. Dann erstaunt man, dieses Ding bisher nicht gesehen zu haben, und man freut sich der gemachten Entdeckung, als hätte man die Weltkarte um ein Amerika bereichert. Von solch' einer Entdeckung möchte ich hier in Kurzem berichten .... Vom Kahlen= und Leopoldsberge bei Wien datirt mein Bericht. Das wird die Leser ent= täuschend überraschen. Als ob es von diesen viel= besuchten Bergen noch etwas zu erzählen gäbe, was nicht Jedermann weiß? Vielleicht doch — trotzdem alle Welt darüber unterrichtet ist, welche Rolle der Kahlenberg in den Türkenkriegen gespielt hat und in welchem Zusammenhange der Leopoldsberg mit der Gründung von Klosterneuburg steht. In die Geschichte der beiden Ausläufer des cetischen Gebirges hat eine Gestalt sich eingefügt, die zu den brillantesten Vertretern des vorigen Jahrhunderts gehört, eine jener Rococo-Figuren, um deren Haupt geistreiche Bonmots, glänzende Fähigkeiten für geselligen Verkehr, literarisch ausgearbeitete Privatbriefe — kurzum alle im Säculum der Briefe und der Soupers modern gewesenen Vorzüge — eine Gloriole gewoben.

Eine Gestalt, die, nebenbei bemerkt, den Namen eines beachtenswerthen Schriftstellers, eines tapferen Generals und eines weltmännisch gewandten Diplomaten trägt. Daß der Mann, von welchem die Rede ist, die Natur liebte und speciell für die Umgebungen Wiens schwärmte, macht mir sein Andenken doppelt liebenswürdig. Nach Jahren voll Glanzes suchte er sein Refugium auf dem Leopolds- und Kahlenberge. Hier wollte er nunmehr leben und sterben, hier wollte er begraben sein, ferne von dem Lande, das ihn geboren. Wie so manche Größe des achtzehnten Jahrhunderts, für dessen Geschmack in geistigen und künstlerischen Fragen uns das Verständniß abhanden gekommen, so zählt auch der Mann, von dem ich spreche, zu den vergessenen Größen, vergessen in der Literatur, in der er ehedem brillirte, wie sein Grab in der prächtigen landschaftlichen Umrahmung, in der es sich verbirgt hinter Laubwerk und Geäste.

Ein Naturschwärmer war's, der sich hier zur
Ruhe gebettet. Aber kein Schwärmer überhaupt,
sondern ein epikuräischer Fürst, mehr dem Epigramm
als der Idylle zugeneigt, ein Hofmann, der nicht
gern seine Gefühle bloßlegte und nur deshalb mit
seinen Lieblingsplätzen schmollt, um nicht eingestehen
zu müssen, wie sehr sie ihm an's Herz gewachsen.
Wien und Alles, was drum und dran, war ihm aber
wirklich werth. „Wien ist die Hauptstadt Nieder-
österreichs und der Monarchie; es könnte die Hauptstadt Europas werden, wenn man nur wollte." So
schrieb er allen Ernstes, obwohl er kein Wiener Kind
gewesen. Er war in Brüssel geboren, und zwar am
23. Mai 1735, und sein voller Name lautet: Karl
Lamoral Fürst von Ligne. Am 13. Dec. 1814
ist er als österreichischer Feldmarschall gestorben. Als
Hauptmann der Trabantenleibgarde hinterließ er
diesem Corps testamentarisch seine Memoiren; letztere
gingen in das Eigenthum der Verlagsfirma Cotta
über, sind aber bis heute nicht veröffentlicht worden.

Diese Memoiren mögen des Interessanten eine
Fülle enthalten; des Fürsten Verkehr an den größten
europäischen Höfen, seine Beziehungen zu Josef II.,
Katharina II., Friedrich dem Großen, Voltaire, Rous-
seau u. s. w. boten seiner von einem brillanten Geiste
geleiteten Feder unermeßliches Materiale. Und er

führte nicht etwa die Feder eines Dilettanten. Nach
der Krönung Leopolds II. zog der Fürst, der mit
dem neuen Monarchen nicht auf dem besten Fuße
stand, sich von Wien zurück. Er erbaute ein Wohn=
haus auf dem Leopoldsberge, kaufte einige der Camal=
dulenser=Zellen auf dem Kahlenberge, nachdem das
Kloster aufgehoben worden, und verließ sein Refugium
nur, um in Nußdorf glänzende Gesellschaften zu em=
pfangen. Der gefeierte Cavalier, der auf die Pom=
padour wie auf die nordische Semiramis mächtigen
Eindruck hervorgebracht, suchte in der Einsamkeit — wie
er sich ausdrückte — „Schutz vor Philosophen und
Ueberschwemmung.“ In dieser Einsamkeit schrieb
er außer einigen kleinen Werken nicht weniger als
vierunddreißig Bände, welche den Gesammt=Titel
tragen: „Mélanges militaires, littéraires et senti-
mentaires.“ Der Fürst legte den größten Werth
auf seine militärischen Arbeiten. Er verkannte sich,
wie fast alle Schriftsteller sich verkennen. Nur als
Anekdotier, als Plauderer leistete er Bedeutendes. Er
wäre in unseren Tagen ein vorzüglicher Feuilletonist
geworden.

Einer der geistreichsten Menschen seines Jahr=
hunderts, veröffentlichte er seine Werke nur, weil er
gegen das Ende seines Lebens in Geldverlegenheiten
war und des Honorars bedurfte, nachdem er aus

„Noth" bereits seine Bilder und sein Porzellan ver=
kauft hatte. Er schrieb, um seinem Geiste Luft zu
machen, aber er ließ das Geschriebene drucken, weil
er Geld brauchte. Nach Verkauf der ihm vom deutschen
Reiche verliehenen gefürsteten Reichsgrafschaft Edel=
stetten verfügte er über eine Jahresrente von 17= bis
18.000 Gulden. Er nannte diesen Vermögensstand
eine „goldene Mittelmäßigkeit." Immer, wie auch
seine Verhältnisse waren, übte er Gastfreundschaft.
„Ich muß es wohl sagen," bemerkte er, „daß mein
Haus das einzig offene in Wien ist. Ich habe sechs
Gänge zum Diner, fünf zum Souper. Wer kommt, setzt
sich mit mir zu Tische." Er lebte als Philosoph.
Nachdem er sich vom Hofe zurückgezogen, bekundete er
durch die von ihm veranstalteten Feste, daß er keines=
wegs die Lust am Leben verloren habe. Er liebte
Wien, aber als Weltweiser hatte er eine kosmo=
politische Richtung. „Immer," schreibt er, „hat man mich
überall gut behandelt und in mehreren Ländern erfuhr
ich angenehme Erlebnisse. Ich habe sechs oder sieben
Vaterlande: das Kaiserreich, Flandern, Frankreich,
Oesterreich, Polen, Rußland und vielleicht auch Ungarn,
welches Allen, die gegen die Türken gekämpft haben,
das Indigenat verleiht und mir dasselbe auf dem
nächsten Landtage gewähren wird." Die Liebe begleitete
ihn wie die Weltweisheit durch sein ganzes Leben.

An den Folgen einer Erkältung, die er sich bei einem
Rendezvous mit einer Dame zuzog, soll er gestorben
sein. Viele der Aufschriften, mit denen er die Mauern
seines Refugiums, schmückte, führten denn auch die
Sprache des Herzens. Seither sind diese Inschriften
verschwunden. Die Häuschen, die der Fürst auf dem
Kahlenberg besaß, existiren nicht mehr. Sein Haus
auf dem Leopoldsberge enthält jetzt die Försterswohnung
und die Restaurations=Localitäten; hier hat die Tünche
alle Spuren von des Prinzen poetischer Marotte: die
Mauern mit Versen bemalen zu lassen, verdeckt.

Zwei Jahre vor seinem Tode drückte er es aus,
wie ungern er der Liebe entsage. Am 1. Mai 1812
schrieb er auf eine Gartenmauer: „Adieu fortune,
honneurs, adieu, vous et les vôtres! Je viens ici
vous oublier. Adieu, toi même, amour, bien plus
que les autres, difficile à congédier.“ (Lebewohl, o
Glück! Ehren und Alles, was zu Euch gehört, lebet
wohl! Hier will ich Euch vergessen. Und Liebe, du
selbst, lebe wohl, magst du auch schwerer zu ver=
abschieden sein, als all' die anderen.) Von den Auf=
schriften, mit welchen der Fürst seine Mauern auf
dem Leopoldsberge zierte, setze ich noch drei in deutscher
Uebertragung hieher — echte und rechte Gefühls=
äußerungen eines philosophirenden und schriftstellernden
Grandseigneur des achtzehnten Jahrhunderts: „Lernet

von der Donau, wie unsere Tage dahinfließen. Diese
Nebel sind Bilder unserer Illusionen. Seht Ihr den
Rauch und manchmal den Sturm sich erheben über
den Dächern der Paläste und der Höfe? Selten bricht
durch Rauch und Wolken, gleich der Vernunft, die
leuchtende Sonne sich Bahn. Wollt Ihr nachdenken?
Bewohnet diesen Aufenthalt, wo Studium und Vergnügen herrschen." — „Von diesem Berge gewahre
ich die Wege des Ruhmes, der Gnaden, der Ver-
gnügungen, der höfischen Würden. Mehr als die
Weltgeschichte beschäftigen mich in diesem lachenden
Aufenthalte mein Herz und meine Gesundheit." —
„Geschichtliche Thatsachen entzünden hier das Genie.
Markgrafen, Polen, Türken und Heilige haben diesem
Orte zum Ruhme verholfen. „Mon réfuge" nenne ich
ihn. Hier läßt Philosophie Einen ruhig leben. Günstling
und Nachbar Gottes, des Herrn, genießt man hier des
Appetits, des Schlafes und der Liebe. . . ."

Der fürstliche Schriftsteller hauste an der Stelle,
wo der heilige Leopold gewaltet, wo die Ruinen der
alten babenbergischen Fürstenburg sich erhoben. So
ändern mit den Zeiten sich die Physiognomien von
Orten und Bergen . . . Der Kahlenberg weiß auch
davon zu erzählen. Vorerst Eigenthum der Camal-
dulenser, ging er nach der Reihe an Herrn v. Kriegl,
Stift Klosterneuburg, Frau v. Traunwieser

und Fürsten Liechtenstein über, und nun hat eine Actiengesellschaft ihn mit Beschlag belegt. Fürst Ligne theilte seine Liebe zwischen Leopolds- und Kahlenberg. Auf jenem hat er gelebt, auf diesem ruht er zu ewigem Schlafe. Trotz aller Lebensweisheit mag er nur ungerne an das Grab gedacht haben, das er sich auf dem Kahlenberg ausgewählt — das nunmehr „vergessene Grab." Als Soldat fühlte er sich zu diesem Berge hingezogen, von dem aus Sobieski den siegreichen Anlauf wider die Türken genommen. Der Fürst von Ligne betont mit Vorliebe den landschaftlich-idyllischen Charakter seines Sanssouci. In einem seiner längeren Gedichte ruft er aus: „Hier trotze ich Euch, Moses und Milton! Hier finden Eure verlorenen Paradiese sich wieder! Halte still, Wanderer, und betrachte diese erhabenen Berge, durch ewige Ketten miteinander verbunden." Und wie er in diesen Versen weiter träumt und sich entzückt, läßt er gerne die Vergangenheit beiseite und spricht schwärmerisch von der herrlichen Aussicht, deren er sich auf dem Leopoldsberge erfreut. Manchmal entgeht er doch nicht der historischen Reminiscenz: „Ich sehe Petronell, ein Schloß an dem Ufer, an welchem Marc Aurel gestorben ...." Oft wird er satirisch. In dem Gedichte „Les délices de Vienne" z. B. spottet er darüber, daß Wien im Sommer staubig sei; im Herbst sieht er die Reben zugrunde gehen und sein Kamin muß geheizt werden; im Winter plagen ihn die Wiener Theegesellschaften. Jede Saison erscheint ihm „höllisch." Aber er meint das nicht ernst, denn er will doch nirgend anders als in Wiens nächster Nähe sein und enden.

Und nun schlummert er auf einem wunderbaren Plätzchen. Die Unzähligen, welche den Kahlenberg besuchen, gewahren kaum, daß zwischen dem Geh- und dem Fahrwege zur Seite des neuen Hotels die Todten des Kahlenberges ihre Wohnstätte haben. Keine Mauer, kein Gitter, keine Kapelle lenken die Aufmerksamkeit des Vorübergehenden auf den stillen Ort. Buchen und Birken ringsum, nur ein enges Fleckchen als Durchgang gewährend, ein oblonges Viereck: der ehemalige Friedhof. Etwa ein Dutzend Gräber occupiren den kleinen Raum, dessen Boden dicht mit vielgestaltigem Unkraut bewachsen ist.

Künstlerisch schön präsentirt sich da nur das Grab der Familie F i n s t e r l e, eine rein gothische Kapelle, an der Rückenwand eine Auferstehung Christi, al fresco von Eduard S w o b o d a gemalt. Alles Uebrige muthet verfallen und ruinenhaft an. Gebrochene Kreuze sind neben Grabeshügeln niedergestürzt, Bruchstücke von Monumenten liegen da und dort — einen Augenblick kömmt Einem der Prager Judenfriedhof in Erinnerung. Die Gemeinde will die Kosten einer gemauerten Ein-

zäunung nicht auf sich nehmen, und so hat die Behörde
ihr verboten, sich dieses Friedhofes weiter zu bedienen;
jetzt müssen die Todten den Weg hinab in's Kahlen=
bergerdorf, zum neuen Gottesacker, zurücklegen. Da
oben aber ist's ruhig, einsam, weltverlassen ... Ein
geschweiftes hohes Kreuz aus Granit verkündet in
lateinischer Sprache, daß hier die Familiengruft der
Fürsten von Ligne sich befinde. Hinter dem Kreuze
umrahmt ein niedriges Gitter drei, von Thujen be=
schattete, gleichförmige Grabsteine — Quadrate mit
einfacher Simsbekrönung — mit den Inschriften nach
innen einander zugekehrt. Auf einem dieser Steine
lesen wir: „Carolo. Lamoralio. Princ. A. Ligne.
Super. Exerc. Duci. Praetor. Praef. Viro. Forti.
Litteratori. Consp. Nat. XXIII. Maii. 1735 Ob.
XIII. Dec. MDCCCXIV.“

Nebenan ruht des Fürsten Gattin, geb. Prinzessin
von Liechtenstein, gegenüber seine Tochter, verehelichte
Gräfin Potocka. Verwischt sind die Inschriften, fast
unleserlich — Niemand bekümmert sich um die Gräber,
Niemand um das „vergessene Grab“ eines der
merkwürdigsten Menschen, welche, im achtzehnten Jahr=
hunderte fußend, herüberragen in's neunzehnte, in das
unsere. Das Geschlecht der Ligne war verschwägert mit
den Häusern Clary, Liechtenstein, Potocki —
findet unter den Sprößlingen dieser großen Familien

sich Niemand, der dafür sorgen möchte, das vergessene
Grab in Stand zu erhalten, aber gefälligst in einem
verbesserten?

Nicht ohne Wehmuth bin ich jüngst wieder vor
der verwilderten, verwahrlosten Grabstätte des Fürsten
von Ligne gestanden. Es war Abend, und Dämmerung
umspielte den geglätteten, spiegelnden Granit, unter
welchem der Fürst begraben liegt — ich blickte auf
ein düsteres Bild, bar jener freundlichen Melancholie,
welche gutgepflegten Gräbern sozusagen den Stempel
der Versöhnlichkeit aufdrückt. Und ich gedachte der
Worte, welche der Fürst in richtiger Todesahnung
zur Zeit des Wiener Congresses schrieb: „Der Congreß
ist am Ende seiner Festlichkeiten. Welches Schauspiel
soll ich ihm bieten, auf daß er sich nicht langweile?
Das Begräbniß eines Marschalls.“

Vom Wiener Dialekt.

Wir Wiener hegen eine namenlose Angst davor, uns literarisch offenkundig mit Wien zu beschäftigen. Einige Antiquare haben die Alterthümer unserer Stadt behandelt, einige Geschichtsschreiber ihre Vergangenheit dargestellt. Aber wir besitzen kein Buch, wie Maxime du Camp es über Paris geschrieben, keine Zeitung localhistorischer Art, wie die in Berlin erscheinende Wochenschrift „Der Bär". Unsere Belletristik hütet sich sorgsam, auf dem Boden der engeren Heimat zu verbleiben. Wir haben kein Selbstbewußtsein, weil wir zu „gemüthlich" sind. Dieser Erbfehler spricht allenthalben sich aus. Wir sind so kosmopolitisch, daß wir keine Wiener sind, und während nur in den tiefsten, sumpfigen Gegenden der Literatur mit meist lächerlichen Mitteln der Local-Patriotismus gepflegt wird — mit Mitteln, welche zur Opposition reizen — weichen wir dem Worte „Wien" mit wunderlicher Sorgsamkeit aus. Wir sind umgekehrte Ausgaben des Antäus. Wir

gewinnen Kraft, wenn wir die mütterliche Erde verlassen. Man betrachte einmal französische Romanciers
und Dramatiker. Sie bestreben sich, Pariser Scenerie
so stark als möglich zu betonen, Straßen und Häuser
so genau zu bezeichnen, daß man sie aufsuchen kann.
Ein Poet wie Victor H u g o verschmäht nicht das Lokal-
Colorit und hat sogar den Pariser Argot um einige
Ausdrücke bereichert. An einen Wiener Roman, ein
Wiener Drama knüpfen sich für uns in Folge leidiger
Tradition von vornherein Begriffe von unliterarischen,
unkünstlerischen Leistungen. Ueber Theodor S c h e i b e
und Anton L a n g e r ist der Wiener Roman, über werth-
lose Possen das Wiener Drama selten hinausgekom-
men. Zu dem Seltenen gehören einige Lustspiele
B a u e r n f e l d's, wie „Aus der Gesellschaft", der
Roman Friedrich U h l's: „Haus Fragstein." Noch ist
Friedrich S c h l ö g l zu nennen, der auf urwienerischem
Gebiete als echter Künstler sich bewährt und mit einer
Feder, die ihre Kreise viel weiter ziehen könnte, Wien
und die Wiener beschreibt. Aber diese Ausnahmen verschwinden quantitativ. Im Großen und Ganzen empfinden unsere Schriftsteller einen Horror davor, Wien
beim Namen zu nennen. Der Held eines Romanes
darf die Heldin in der Avenue du Bois de Boulogne
kennen gelernt haben, aber nie und nimmer auf der
Ringstraße, und ist letztere doch der Ausgangspunkt

einer Intrigue, so wird sie nicht ausdrücklich, sondern
nur mit verschämter Umschreibung genannt. In einem
Drama höherer Gattung darf vom Boulevard des
Italiens die Rede sein, aber nie und nimmer vom
Prater oder vom Augarten. „Was kann Einem auf
dem Stephansplatze Großes begegnen?" fragen sich
unsere Autoren, und lassen, was sie ersonnen haben,
in B.., in R.. spielen und kommen über die Detail=
bezeichnung „G..straße" oder „H..platz" nicht hinaus.
Mit der Zeit wird uns das Selbstbewußtsein vielleicht
kommen. Vorderhand — vielleicht weil Wien so lange
keine ausgesprochene Literaturstadt sein durfte — haben
Autor und Publikum einander nicht genügend für Local=
sinn erzogen. Einzelne gute Stücke der ernsten Gattung
haben in Wien darunter gelitten, daß sie Wiener Farbe
bekannten. Ja, selbst auf dem Gebiete ziemlich leichter
Waare bleiben Mißerfolge nicht aus, wenn es auf dem
Theaterzettel heißt: „Die Handlung spielt in Wien."
Eine der Operetten von Johann Strauß machte aus
solchem Grunde lange nicht die erwartete Wirkung....
Und doch! Wir brauchen uns unserer Stadt nicht zu
schämen. Sie hat Fehler, aber liebenswerth ist sie und
kann sich sehen lassen. Kein Fremder verläßt sie un=
befriedigt, und wir selber dürfen dem alten, längst
vermoderten Schulmeisterlein beistimmen, das in sei=
nem Lobspruch auf die „hochlöbliche, weitberühmte

königliche Stadt Wien in Oesterreich" wohlgemuth
sang:

> „Wie ich die Stadt nun vor mir sah:
> Edles Wien! selbst zu mir sprach,
> Du bist die Pfort' und Zier allzeit,
> Befestigung der Christenheit."

Aber weil wir nur Extreme kennen: entweder eine
Affenliebe, die uns für Wiens Mängel und Schäden
blind macht, oder eine eisige Kälte gegen alles locale
Element, ist es begreiflich, daß literarisch nichts für
den Wiener Dialekt geschieht. Johann Gabriel
Seidl litt unter dem Fluche, ein Vormärzler zu sein.
Nach ihm hat kein Dichter in heimischer Mundart ge-
sprochen. Wir haben nicht wie die Schlesier einen
Holtei, wir müssen die Baiern um ihren Karl
Stieler beneiden, die Steierer um ihren Rosegger,
die Frankfurter um ihren Friedrich Stoltze, wir sind
mit Haut und Haar „hochdeutsch" geworden, und käme
Einer daher, sänge im Wiener Dialekt und machte
Anspruch auf Geltung als vollwichtiger Dichter, wir
würden ihm sagen: „Das schickt sich nicht." Die
Austriacismen in unserer Prosa sind wir nicht los
geworden, aber wir verleugnen den Dialekt wie Con-
vertiten ihre angeborene Confession, wie reich gewordene
Parvenus ihre Herkunft aus kleinen Verhältnissen.
Wir vergessen, daß die Seele eines Stammes sich ganz

und gar eben nur im Dialekt ausspricht. Wer ein
Volk studiren will, muß wissen, wie diesem der Schna=
bel gewachsen ist. Man kennt Wien nicht, wenn man
den Wiener Dialekt nicht kennt. Die Spottsucht und
die Weichherzigkeit des Wieners, sie treten im Wiener
Dialekt hervor. Dieser verhöhnt und verhätschelt zu=
gleich, er findet die ironisch herbsten Bezeichnungen
und gibt dem Worte äußerlich so gutmüthige Form,
daß selbst der Verspottete kaum beleidigt sein kann.
„Tinterl" oder „Lipperl" klingt beinahe wie ein Kose=
namen. Wenn aber irgend eine Eigenschaft der Autoch=
thonen, so ist in unserem Dialekt der Respect vor dem
Fremden, dem Ausländischen getreulich ausgedrückt.
Wo ein gut deutsches Wort zur Verfügung steht, um
mit etwaiger mundartlicher Variation gebraucht zu
werden, greift der Wiener gierig — wie das Kind
nach einer vergoldeten Nuß — nach dem Product
einer fremden Sprache, verballhornt es allerdings bis
zur Unkenntlichkeit oder hängt es einem deutschen
Worte willkürlich an. „Bett'ltutti" und „Bauschquan=
tum" sind Beispiele der letzteren Gattung; „biberln"
anstatt „trinken" gibt einen Begriff der besagten Ver=
ballhornung. Das wichtigste Charakteristikon des Wiener
Dialektes liegt darin, daß er im Gebrauch von Fremd=
worten geradezu schwelgt, ja, daß er die gleichbedeuten=
den deutschen Worte gar nicht kennt. Er weiß nicht,

daß es „Wunden" gibt, er spricht nur von „Bles=
suren". Er hat nicht „Muth", sondern „Kurasch".
Er ist nicht „gelähmt", sondern „kontrakt". Die
„Citrone" kennt er nicht, sondern nur die „Limoni",
das „Waschbecken" nicht, sondern nur das „Lawur".
Er ist „manierli", betreibt ein „Metier", liebt
ein „leschäres" Benehmen, ißt Kartoffeln in der
„Montur", wird leicht „rewellisch", schimpft sei=
nen Gegner einen „Malefizkerl" oder einen „Futi=
kerl", „regartirt" unwürdige Angriffe nicht, „ris=
kirt" gern etliche Kreuzer auf einen „Reschkonter"
im kleinen Lotto und läßt sich für eine nächtliche
„Remasuri" gutwillig ein „Repramah" ertheilen.
Er „ataschirt" sich an Leute, die ihm lieb sind,
„attakirt" die Feinde, hat einen „Gusto" auf gutes
Bier, „flanirt" gern über die Ringstraße und gibt
das Leben für eine „Gaudi". Er freut sich über jeden
„Hallodri" (Verballhornung von „Allotria"), liebt
aber die Menschen, die „Politur" (gesellschaftlichen
Anstand) haben, und thut so „quasi", als ob er
von den Dingen, die ihm unangenehm sind, nichts
bemerken würde. Manchmal stellt er die Fremdworte
so auf den Kopf, daß man sie gar nicht erkennt, und
gibt ihnen willkürlich eine Bedeutung. Von arroganten
Leuten sagt er, daß sie sich ein „Pré" geben, einen
Festschmaus nennt er ein „Valedi". Ein Hinderniß

ist ihm ein „Nisi", er hat aber keinen „Spurius"
davon, daß er eigentlich lateinisch spricht. Hie und
da wendet er sich um ein Anlehen an andere österreichische Stämme. Von den Czechen nimmt er „Sablati,
und „Platti" für Geld. Auch der hebräisch-deutsche
Jargon muß ihm aushelfen. Er hat gerne einen „Re-
wach" (Nutzen), kann es aber nicht leiden, wenn
man unnütze Umstände, „Gferres" oder „Massa-
matten", macht. Am Sonntag trägt er den Cylinderhut als „Schabbesdeckel". Solcher Beispiele ließen
sich unzählige anführen, um zu zeigen, wie der Wiener
Dialekt das Fremdwort nimmt, es zustutzt, knetet,
formt, behaut, seinen Zwecken dienlich macht. Er gefällt sich aber manchmal darin, das Fremdwort so
weit zu bearbeiten, daß man sich einige Mühe geben
muß, es wieder zu erkennen. Bei drei Sprachen macht
er für diese Art der Adaptirung Schulden: bei der
französischen, italienischen und spanischen. Zur englischen hat er keine Beziehungen. Das kommt wohl
daher, daß zwischen England und Oesterreich nie ein
intimer Contact geherrscht hat. An solchem Contact,
an örtlicher Berührung liegt es, daß eine Sprache
sich der andern aufdrängt und aufpfropft. Von Calais
nach Dover ist der Weg nicht weit; darum wimmelt
der Pariser argot von Anglicismen. Nach Paris sind
die Wiener immer mit Vorliebe gegangen; Pariser

Wesen suchten sie immer nachzuahmen; die französische
Sprache hat also ein gewaltig Stück Terrain des
Wiener Dialektes als Besitz ergriffen. Lombardo-
Venetien gehörte lange zu Oesterreich; unser Militär
lag in Italien, aus dem österreichischen Theile der
apenninischen Halbinsel kamen zahlreiche Einwanderer
zu uns, namentlich Leute, die mit Südfrüchten han-
delten. Noch heute nennt der Wiener den Südfrüchten-
und Delicatessenhändler den „Italiener". Die
Sprache Dante's und Ariost's mußte unseren Dialekt vielfach bereichern. Zu Spanien hatten wir intime
Beziehungen. Trotzdem kann ich im Wiener Argot nur
ein spanisches Wort finden. Stachelbeeren, die meist
wie unreifes Obst aussehen, nennen wir „Agraß".
Agraz heißt spanisch „unreif". Warum ist diese spanische Spur vereinzelt? Etymologen mögen diese Frage
entscheiden. Ich glaube, das Spanische verliert einen
großen Theil seines Einflusses, wo das Französische
und das Italienische sich geltend machen, weil es unter
den dreien das schwächste Idiom ist und von den
beiden anderen an die Wand gedrückt wird. Wer
„temps" oder „tempo" sagen kann, wird sich nicht
für „tiempo" entscheiden. „Temps" ist klarer, tempo
schöner... Gehen wir speciell den Spuren des Italienischen nach, so finden wir einen nachhaltigen Einfluß.
Zuweilen hält es nicht leicht, im Wiener Dialektgewande

das ursprüngliche italienische Wort zu agnosciren. Was
dieser aus einem Eigennamen zu machen im Stande
ist, zeigt der Falconetti=Steg, welcher zum „Foca=
nebi=Steg" geworden war. Jeder Dialekt ist mund=
faul und richtet die Worte so ein, wie sie sich mit
geringerer Mühe aussprechen lassen. Dem „Gatsch",
Bezeichnung für eine breiartige Speise, schwebt als
Vorbild irgend ein weicher Käse, cácio, vor. Die
„Peppi", recte Josephine, hat sich diesen Namen bei
der gluthäugigen „Beppa" geholt, und auch „Beppo",
der männliche Joseph, muß sich „Peppi" tituliren
lassen. Der „Pamperletsch", ein unsauberes Kind,
ist auf Bambuccino zurückzuführen; das „Fazinettl",
Taschentuch, auf Fazzoletto; die „Bollet'n", Mauth=
zettel, auf Biglietto; die „Mischkerlanz", das
Durcheinander, auf Miscuglio; „Denari", Geld, auf
Danaro; der „Extratter", die einzelne im Lotto
gezogene Nummer, auf Estratto; der „Fallot", ein
verlotterter Mensch, auf Fallito, den Bankerottirer;
die „Fiduz", das Vertrauen, auf Fiducia; die „Zi=
beben", große Rosinen, auf Zibibbi und Cubebe; die
„Trema", Angst, auf das Zeitwort tremare, sich
fürchten; der „Spagat", Bindfaden, auf Spago; der
„Traktamenter", eine Gasterei, auf Trattamento.
Manchmal wendet der Dialekt das italienische Wort
mit geradezu erheiternder Willkür an. Den Theater=

diener, der in den Zwischenacten Erfrischungen anbietet, nennt er wegen der Nummer am Frack einen „Numero"; den italienischen Wursthändler, der im Prater seine Waare feilbietet, einen „Salamini"; das Wort „Tutti", zufälligerweise eine buchstäbliche Uebersetzung des in Norddeutschland so gebräuchlichen „alle" („das Geld ist alle"), bedeutet, daß etwas zu Ende sei, zum Beispiel: „Dieser Kaufmann ist tutti", bei besonderer Verstärkung „bett'ltutti". Unter „Solo" versteht der Wiener Dialekt etwas Ausgezeichnetes. Was besonders gut ist, steht allein da, mithin solo. Die besten Krebse in Wiener Gasthäusern heißen „Solo-Krebse". Außerdem wird Jemand „Solo gefangen", arretirt, was jedenfalls unangenehmer ist, als einen Karten-„Solo" zu spielen.

Die französische Sprache ist ebenfalls eine ergiebige Quelle für unsere Mundart. Um sich darüber einige Klarheit zu verschaffen, muß man freilich den Worten, wie sie in Wien coursiren, genau in's Gesicht sehen. Es ist nicht so leicht, in der „Trull" im Tarockspiele tous les trois zu erkennen; im „Schwolische" den Chevaux-léger; im „Gatsch" den gâchis; im „Schmafu" je m'en foue; in der „Trillasch", Gitterwerk, die grillage; in der „Ringlotte" die Reine-claude; im „Sanprell", Schnupftabak, den Sanspareil; im „Schion" den Chignon. Manchmal macht der Dialekt Demjenigen, der ihm die Maske lüften will, tüchtig zu schaffen. Wie gut ist zum Bei=spiel der „Basler" vermummt! So nennt man einen Menschen, der sich zum bloßen Vergnügen mit allerlei Kleinarbeiten beschäftigt. Wir müssen zu „baslertan" übergehen, gleichbedeutend mit „gemächlich, zum Zeit=vertreib", und so gelangen wir zum Passe-temps, der Quelle des „Basler's". Aus entêté ist „antidirt" ge=worden; aus filouter „außerfilubiren"; aus traîner „außitrenirn", im Sinne von verschleppen, ver=zögern; aus dem bassin die „Bassena"; aus der bastonnade „Bastoni"; aus brouillé „brüllirt"; aus manger „manscharn"; aus der poularde, dem Masthühnchen, ein „Polakl"; aus dem point-d'honneur ein „Pontonär"; aus der gêne ein „Schenirer"; aus maintenir „mantenirn", im Sinne von be=haupten; aus branler, zittern, „prandlir'n"; aus mollet, weich, zart, sanft (lateinisch mollis, italienisch molle, spanisch muelle) das schmeichlerische „mollert" ein „mollertes Mäd'l". Der Wiener Dialekt spricht so gern französisch, daß er französische Worte in An=wendungen gebraucht, welche dem Franzosen gänzlich fremd sind. Der Pariser ahnt nicht, daß man im Kaffee=hause eine „Mélange" trinken kann; er geht nicht, wie die Wiener, zum Friseur, sondern zum Coiffeur; er sucht wohl beim Mittagessen sein Couvert, aber den Brief steckt er in die Enveloppe. Das echte Wiener Kind lernt im zartesten Alter Clavier spielen und französisch sprechen (aber fragt mich nur nicht: wie?), was Wunder, daß unser Dialect so eigenmächtig umspringt mit der Sprache, die neben der deutschen einherläuft im Wiener Volksthum!

Speciell die fremdsprachigen Elemente im Wiener Dialekte sind culturhistorisch bemerkenswerth; sie erinnern daran, daß Wien nicht zufällig eine Hauptstadt geworden; in dem Becken, in das es hineingebettet worden, reichen West und Ost, Nord und Süd einander die Hände, hier war der natürliche Kreuzungspunkt gegeben, wo alle Nationen Europas einander begegnen sollten, und hätten nicht Krieg und Pest immer alle stetige Vererbung, alle ungebrochenen Traditionen in Wien behindert — wie sie uns des Besitzthums aller eigentlich „alten", Häuser beraubt haben — der Wiener Dialekt müßte von einem Dutzend fremder Sprachen beeinflußt, müßte fast entkleidet sein aller deutschen Urthümlichkeit!

Winter und Sommer in Wien.

Die Tages- und die Jahreszeiten verändern gar gewaltig die Physiognomie der Stadt. Dieselben Häuser und dieselben Straßen sind es freilich des Morgens und des Abends, im Winter und im Sommer, dieselben und doch wieder andere, und wer unser Wien durchwandert, wird im Juli so ganz anders denken und empfinden, als im December ... Oder sollte es Leute geben, welche da glauben, der Winter sei überhaupt nicht gemacht für frohgemuthes Wandern? Wenn es solche gibt, dann rathe ich ihnen, auf knisternder Schneedecke, in deren jedem Körnchen die Wintersonne glitzert, rüstig auszuschreiten, hinaus vor das Häusermeer, und sie werden ein neues, ein köstliches Vergnügen kennen lernen. An einem hellen Decembertage draußen auf dem Lande denkt Niemand an's Sterben der Natur; wie ein herber Vorfrühling gibt sich der Winter da, und seine Rauhheit hat etwas Schmeichelndes. Nebel und Thauwetter machen den

16*

Winter leidig. Aber sie gehen vorüber wie jedes Uebel,
und nach ein wenig Finsterniß erst weiß man das
Licht zu schätzen . . . .

Christnacht ist's. Sie hat begonnen ohne Schnee,
und wir meinten, sie werde verlaufen, wie sie ange=
fangen. Die Kerzchen am Tannenbaum werden an=
gezündet, heller Schein ergießt sich über die Stube
bis in jeden Winkel; der Vogel, der in seinem Bauer
geschlummert, erwacht und schmettert ein verwegen Lied,
denn er meint, es sei Tag geworden. Ich trete an's
Fenster. Wild tanzende Flocken wirbeln mir vor den
Augen. Der Winter ist gekommen als Christnacht=
bescheerung. Zur heiligen Stunde legt der Schnee sich
auf Straßen und Dach, das Christkind hat „weiße
Weihnachten" gebracht. Der Winter ist gekommen,
die seltsam reizvolle Zeit, in der die Geselligkeit so
schön ist wie das Alleinsein. . . . Aus dem Familien=
kreise denke ich mich hinweg wieder in's enge Jung=
gesellenheim und auch da ist's traulich im Winter.
Im Ofen lobert und prasselt die Flamme, ein stiller
Abend ist's; durch die festverschlossenen und dicht=
verhüllten Fenster bringt von unten kein Straßen=
lärm empor, ich höre nur das Athmen der Holzbrände,
den Gang meiner Stahlfeder, das Nagen des Holz=
wurmes im Schranke, und all' die Geräusche fließen
manchmal unbestimmt ineinander, nie treten die vier

Wände so voll in ihre Rechte wie zur Winterszeit;
weilt man draußen, so empfindet man Heimweh, wird
zur Schnecke, die sich zurücksehnt nach ihrer Schale,
und möchte den alten Ofen umarmen, als blühten
ihm schwellende Lippen, als winke er mit weißen, locken=
den Armen.

Die stille Ecke und der taghell erleuchtete Saal,
das sind die Extreme, in welchen der großstädtische
Winter sich ausspricht. Der Winter bringt alle Unter=
schiede des Standes zu prägnantem Ausdrucke, er ist
so recht die Zeit der klaffenden Gegensätze. Der
schützende Pelz und das dünne, im Sturme flatternde
Röcklein; der wohlgenährte Mensch, der hinter seinen
Spiegelscheiben hinausguckt auf das Unwetter wie auf
ein Schauspiel, das ihm Abwechslung bringt, und der
abgezehrte Mensch, der wehmüthig zu diesen Spiegel=
scheiben hinaufschaut und dabei denkt, wie wohlig
Einem da oben zu Muthe sein müsse; solche und noch
zahllose andere Contraste fallen demjenigen auf, der
des Winters Physiognomie beobachtet. Armsein ist
niemals so schmerzlich wie im Winter. Daran sollten
immer die Leute denken, die nicht „Winter“ sagen,
sondern „Saison“. . . . . Die Einen frieren, die
Anderen tanzen. Der arme Mann fürchtet sich vor
der Zeit, da Holz und Kohle in ihre Rechte treten.
Der reiche Mann erwartet diese Zeit mit Ungeduld,

denn sie gibt ihm endlich wieder Gelegenheit, sein Haus und dessen Glanz zu zeigen. Im ersten Stockwerke eines Hauses auf der Ringstraße bewirthet eine gefeierte Künstlerin einige Freunde; vor dem schweren, geschlossenen Thore desselben Hauses kauert ein zähneklapperud Weib und drückt an die hagere Brust ein Kind, dem es das Leben erhalten möchte. In einer Zeitung unmittelbar nebeneinander die Nachrichten, daß ein Familienvater sich in Folge von Erwerbslosigkeit erhenkt hat, und daß man sich der Hoffnung hingebe, der Ball des Geselligkeitsvereines „Immergrün" werde sich auch diesmal glänzend gestalten. Wer käme zu Ende mit all' den Contrasten, die der Winter in sich birgt. Tag und Nacht bieten dem Auge immer Neues, und für mein Theil streife ich in Winternächten gerne durch mein liebes Wien und nehme mir als Begleiter einen Freund, der Geld im Beutel hat — er findet reichlich Gelegenheit, zu retten, zu helfen, im Stillen, im Finstern. . .

Aber auch lustig kann der Winter sein in Wien. Gehe Einer nur in den Stadtpark! Der sieht in seiner Wintertoilette gar reizend aus. Von dem immergrünen Tannicht hebt sich das kahle, dürre, von Spatzen bevölkerte Geäst der Weiden und Buchen ab, von den mit Stroh umwundenen Rosenstöcken und exotischen Bäumen die Pyramideneichen, die bis tief in

den Winter hinein ihre Blätter behalten, allerdings
fahlgelbe, leblose Blätter, die der Winter nur vergessen
hat an den Zweigen, knisternd und raschelnd, wenn
ein Hauch über sie hingeht. Gegensätze auch hier:
der Cursalon, dessen Styl an das Paradies erinnert,
wo die Goldorange glüht, und der zugefrorene Teich,
auf dem schlittschuhlaufend unzählige Paare sich tum=
meln, darunter reizende junge Damen — die Einem
als Antwort auf eine Höflichkeit sagen: „Laufen Sie
mit meiner Mutter" — behütet von dem auf= und
abschreitenden Sicherheitswachmanne, der im Sommer
die communalen Schwäne bewacht ..... Weiterhin
Ringstraße und Prater. In den ersten Nachmittags=
stunden, kurz vor Sonnenuntergang, wenn ein goldig=
rother Schein auf den Fenstern liegt und alle Häuser
wunderlich umschimmert sind, wenn in der Luft eine
unbeschreibliche Ruhe liegt, dann wird die ganze Ring=
straße ein Gedicht, zwischen dessen Zeilen ein eleganter
Theil der Menschheit spazieren geht. Die Laternen
werden angezündet, ehe es noch völlig finster geworden;
die Gasflammen kämpfen mit dem Himmelslichte, und
später, wenn die Dämmerung gekommen, scheinen die
Gasflammen direct aus dem Schnee emporzuschlagen,
es ist, als ob Sterne aus einer Liliendecke hervor=
wachsen .... Durch den Prater klingeln zur selben
Zeit die Schlitten, daß das Klingeln Einem den som=

merlichen Vogelsang schier ersetzt; in der Nobelallee
genießt man den städtischen, weiter draußen in der
Kriau und Freudenau ahnt man den ländlichen
Winter. Aber was bedeutet Ahnung gegen Erfüllung!
Wie schön der Winter in der Nähe von Wien ist, in
den Winkeln, wo im Sommer eingemiethete Städter
den Kelch aller fashionabeln Curorte = Vergnügungen
leeren bis auf die Neige, das kann ein Mund nicht
sagen, eine Feder nicht schreiben. Für den höchsten
Schmerz und die höchste Freude fehlt es uns eben
immer an bezeichnenden Worten.

Ueberall hat der Winter unsäglichen Reiz, auf
dem Lande und in der Stadt. In dieser ist der Sport
des Einkaufens zeitgemäß. Nie macht es Einem größeres
Vergnügen als im Winter, allerlei Schönes zu kaufen.
Da hat Jedermann sein Behagen daran, aus irgend
einem Laden ein Päckchen mit nach Hause zu nehmen,
denn das Päckchen erweckt zu Hause lebhafteste Neu=
gierde — im Sommer aber sucht Jeder in's Freie
zu entkommen, oder man wohnt auf dem Lande, oder
die Frau weilt in einem Curorte, während der Gatte
als Junggeselle in der Stadt lebt und nicht daran denkt,
etwas „einzukaufen." Ein Heim, ein „zu Hause" hat
der Mensch eigentlich nur im Winter. Und nur in
diesem — weil man eben für das Heim gerne allerlei
Ueberraschungen vorbereitet — kommen die Straßen

mit eleganten Läden zur Geltung. An Winterabenden
staut die Menge sich vor den taghell beleuchteten
Schaufenstern am Kohlmarkt, am Graben, in der
Kärtnerstraße; da fällt greller Lichtschein auf bewun=
dernde, staunende und lüsterne Gesichter, und nimmt
Einer aus der Menge die Thürklinke eines Ladens
in die Hand und tritt ein, so schauen die Anderen
ihm nach als einem Glücklichen. Vor den Juwelier=
laden insbesondere versammelt der Winterabend ganze
Gemeinden, unter ihnen manche schöne, junge Frau,
die angesichts all' der funkelnden Pracht eine Thräne
im Auge zerdrückt .... Schon deshalb ist der Winter
mir lieb, weil er die Christnacht bringt, das mensch=
lichste, schönste Fest. Anderen Leuten ist er aus anderen
Ursachen lieb. Denen namentlich, die er zu neuem
Leben erweckt: dem Gewohnheits=Comitémitgliede, dem
Arrangeur von Kränzchen und Bällen, dem Dilet=
tanten, der alle Wiener Komiker imitirt, dem Vater,
der mit sieben Töchtern die Freuden des Carnevals
genießt und so weiter mit Grazie. Jedem bringt der
Winter irgend etwas, dem Armen allerdings doppelte
Noth, aber dafür dem Reichen — ich habe es schon
oben angedeutet — doppelten Anlaß, zu schenken, zu
helfen, zu trösten. Wenn Du Millionär bist und ein
Herz hast am rechten Flecke, will ich Dir tausende
Häuser zeigen, in denen Du zur Winterzeit begrüßt

werden würdest wie ein guter Engel .... Uns Allen
aber, auch denen, die keine Million besitzen, bedeutet
der Winter die Zeit, in welcher der Genius der Familien sein Scepter schwingt, in welcher der Bauer
das Richtigste trifft: all' die Seinen, von der „Ur=
andl" bis zum Jüngsten, das noch auf allen Vieren
kriecht, Abends rings um den riesigen Kachelofen zu
versammeln, damit sie die Wärme spüren und das
Beisammensein.

Eine schöne Jahreszeit! Nicht nur von der Wiege
zum Sarge ist's ein Schritt. Auch vom Sarge zur
Wiege, vom Tode zu neuem Leben. Der Greis auf
der Bahre macht Platz für das Kind an der Mutter-
brust..... Wenn ich so des Winters umherstreife
und die laublosen Bäume betrachte, dann tröste ich
mich damit, daß auf den Winter der Frühling folgt.
Die Aeste bedecken sich mir mit Blatt und Blüthe,
wie geflügelte Töne huschen die Vögel singend durch
die Aeste, und nur noch in weltfernen, mit Nebel-
kappen bedeckten Bergspalten wohnt der vorjährige
Schnee. Béranger hat Recht: „Les oiseaux que
l'hiver exile reviendront avec le printemps," oder
zu deutsch, so gut ich es übersetzen kann:

„Verscheucht der Winter das Gefieder,
Es kehrt uns mit dem Frühling wieder."

Und der Frühling kommt und geht, mit Schubert
haben wir ihm entgegengesungen:

„Die Fenster auf! Die Herzen auf!
Geschwind! Geschwind!
Es kommt der Ritter Sonnenschein,"

und nun hat er sich vor dem Sommer zurückgezogen, auf die Knospe ist die Blume gefolgt, die Rose am Strauche prangt und duftet in aller Fülle der Schönheit und des Wohlgeruches, und Wien sieht anders, ganz anders aus als im Winter, kaum wiederzuerkennen. Gebadet in flüssiges Gold, leuchtend und strahlend, blenden die Häuser des Betrachters Auge. Ein Lichtmeer hat sich ergossen, und als sei der ganze Sommer ein Pfingsten der Stadt, haben feurige Zungen sich niedergelassen auf die hochragenden Mauern. Es ist, als flammten die Steine, als loderten die Fensterscheiben. Wie der Mensch nicht zu viel Glück, so erträgt das Auge nicht zu viel Licht. Der Sommer setzt uns Allen eine glühende Dornenkrone auf's Haupt. Im Schweiße seines Angesichtes erwirbt der Mensch sein Brot, der biblische Fluch erfüllt sich im vollsten Maße. Wien ist zur Stunde am schönsten in Gmunden oder Ischl. Unstreitig hat der Sommer manchen Zug voll der schönen Eigenschaften, aber im Ganzen und Großen gibt er dem Poeten keinen Anlaß zu einem Lobliede. Der Winter hat für sich den Reiz traulicher Beschränkung, der Frühling die tausend Wonnen der Erwartung, der Herbst die melancholischen Freuden

des Gedenkens, der Erinnerung. Im Sommer er-
schlaffen Körper und Geist; die Gymnastik beider wird
unbequem, wir lassen den Einen und den Anderen
gerne auf dem Lotterbettlein ruhen. Im Sommer
reifen keine unsterblichen Ideen; derselbe Mensch, der
zu anderer Jahreszeit sich an dem geschichtlichen Ruhme
eines Aeltervaters zu hochstrebender Nacheiferung be-
geistert, empfindet während der Monate Juli und
August nur Neid auf den Karpfen, der in wogendem
Naß Tage und Nächte verbringen darf. Aber trotzdem
ist der Sommer nicht verhaßt, man erträgt die Unbill,
die er mit sich bringt, wie die Fehler einer Geliebten.
Der Wiener hat sogar eine gewisse Schwäche für die
Jahreszeit, die nach dem astronomischen Kalender am
22. Juni beginnt, in Wirklichkeit aber schon lange
vorher ihren Einzug hält. Anfangs Juni bereits bemerkt man an den Fenstern der Wohnungen ab und
zu auftauchende Gestalten, nur leicht bekleidet, aus-
lugend nach dem Firmament, ob denn kein Regen
verheißendes Wölkchen sich zeigen will. Je mehr der
Sommer vorschreitet, desto dichter schließen sich die
Fenster, die grünen Jalousien trennen den ganzen
Tag hindurch die Zimmer von der Außenwelt. Der
eigentliche Tag gilt bald nur als unvermeidliches
Uebel; der frühe Morgen und die Nacht erfrischen
uns, geben uns neue Arbeitskraft. Aber zuweilen

kommt selbst der volle, sommerliche Tag zu Ehren,
denn ein Sommer ohne Landpartie wäre uns eine
Liebe ohne Kuß. Wir ziehen also, der Gluthhitze
trotzend, durch Thäler und über Berge, in Tiefen
nieder und empor auf Höhen; wir schleppen unser
Sommerkreuz hinab und hinan, um in's saftige Grün
zu blicken und für einen Tag mühevoller Wanderung
eine Stunde lang auf kühlem Grunde dem Murmeln
des Waldbaches zu lauschen.

Wenn Börne meint, dem Deutschen schlage die
Nachtigall am schönsten, so darf man die Variation
riskiren: dem Wiener grüne der Wald am üppigsten.
So kommt es, daß der Wiener den Sommer liebt
als Bringer des Schönsten auf der duftigen Flur.
Rings um uns schießt das Grün empor, wölbt sich
ob unseren Häupten, umhegt uns zur Rechten und
zur Linken und versperrt uns schäckernd, als sei es
ein spielend Kind, den Weg nach vorne und nach
rückwärts, und wir meinen, so müsse es immer gewesen
sein, und wir haben ganz und gar der winterlichen
Zeit vergessen, da Alles kahl und fahl gewesen und
wir uns gesehnt nach dem frohen Grün, das wir nun
als etwas Selbstverständliches betrachten .... In's
Sommergrün lockt es den Wiener hinaus, er vergißt
darüber sogar sein angestammtes Kaffeehaus. Könnte
man das letztere hinaustransportiren zur „Singerin"

oder zum „Todten Weib", das wäre allerdings Vielen
am liebsten. Aber da es nicht anders geht, opfert gar
Mancher seine Tarockpartie dem Jauerling bei Melk
oder einer Fahrt nach Maria=Zell oder einem anderen
jener zahllosen Excursions=Punkte, die sich wie ein
Blumenkranz meilenweit um die Hauptstadt lagern.
Nicht der heißeste Tag schreckt uns von einem Aus=
fluge ab. An Sonn= und Feiertagen hält uns kein
Gott zu Hause, ausgenommen, wenn es regnet, wie
denn der Regen überhaupt die ganze Physiognomie der
Jahreszeit unterwäscht und verwässert. Mit Zauberkraft
reißt es uns aus der Stadt hinaus. Und besonders
gerne ziehen wir dann zu den Punkten, von denen man
Wien überschauen kann. Uns allen ist es Freude und
Stolz, mit dem Blicke die Stadt zu durchmessen, welche
da unten im Becken liegt, umsäumt von Wald und
Berg, wie eine Perle in der Muschel. Von oben
sucht der Wiener mit Behagen „seinen" Bezirk und
„seine" Gasse und „sein" Haus, er lehrt seine Kinder,
die verschiedenen Kirchen an ihren Thürmen erkennen,
und manchmal beklagt er ganz im Stillen — nicht ad
usum Delphini — daß nicht auch die geliebten Tarock=
locale aufstrebende Thürme besitzen, auf daß man sie
aus der Vogelperspective unterscheiden könne... Auf
allen Ausflügen werden die Mittagsstunden zur Qual,
aber man muß sie ertragen um des Morgens und

des Abends willen. Das „Frühaufstehen“ wird zum Sport. Im Stadtpark gibt es um fünf Uhr Morgens Spaziergänger in Hülle und Fülle. Noch ist die Luft ein wenig frisch, dazu duften thaufrisch die Beete, und in den Bäumen zwitschern und trillern die Vögel... Seit jeher sind Vogelgesang und Blumenduft des Wieners Lust. Der Chronist Anton von Bonfinis, ein Günstling des Mathias Corvinus, erzählt von den Wienern: „In den Sälen und Sommerstuben halten sie so viele Vögel, daß Der, der durch die Straßen zieht, glauben möchte, er sei inmitten eines schönen, lustigen Waldes.“ Und selbiger Chronist vermeldet weiter: „Wien's ganzes Gebiet ist ein ungeheurer, herrlicher Garten, mit schönen Rebenhügeln und Obst= gärten bekrönt“... „Darin“ sagt er endlich von Wien, „viele schöne Gärten mit herrlichen Fruchtbäumen, die Bürger zu erlustigen, zu Gastmahlen und Tänzen ein= zuladen.“ Buckle meint, die natürliche Umgebung übe Einfluß auf die Culturentwickelung eines Volksstammes. Sollte diese Behauptung des britischen Denkers sich nicht in der That auch auf Wien anwenden lassen? An allen Fenstern stehen Blumentöpfe und Vogelbauer. Die ärmste Stube hat ihren Reseda=Stock, in der Hütte des Taglöhners hüpft der Canarienvogel auf seiner hölzernen Sprosse umher, ein sorgloser Geselle, den des Lebens Last nicht drückt. Vogel und Blume

sprechen laut zum weitgeöffneten Fenster hinaus vom
Sommer. Am Invalidenhause auf der Landstraße —
ein Beispiel wienerischer Freude am Waldessänger!
— sieht man fünfzehn, zwanzig grünlackirte Käfige
beisammen, Goldamsel, Schwarzblättchen, Rothkehlchen,
Stieglitz, Nachtigall, Finke, Dompfaff, ein Kunterbunt
von Farben und Tönen — und hinter den grünen
Bauern werden die durchfurchten Antlitze greiser In=
validen sichtbar, hie und da versucht ein Stelzfuß,
einem Vogel den Radetzkymarsch beizubringen . . .

Nicht der bloße Zufall schuf den unter den Baben=
bergern in Schwung gewesenen Brauch, das erste
Veilchen zu feiern. Noch heute wird es gefeiert, aber
von Einzelnen, nicht von der Gesammtheit. Blume
und Vogel beherrschen Wien im Sommer, und um
dieser Beiden und allerdings noch einiger anderen
Factoren willen, spricht der Wiener während der
ganzen Woche von der Landpartie, die er am nächsten
Sonn= oder Feiertage unternehmen wird. Er freut
sich des Sommers, der die Rose bringt, diese wohl=
riechende Flamme, die nirgends prächtiger lodert, als
im Haarschmucke einer Wienerin. Und die Wienerin
kennt den Sommer gar genau, sie huscht gerne gleich
nach Sonnenaufgang aus den warmen Federn und
athmet gierig den jungen Tag ein, den kühlen und
frischen. Der frühe Morgen eines Sonnentages im

Frühling, sein später Abend im Herbst — bevor
die große Heerschaar der Spaziergänger sich ergießt
und nachdem sie wieder verschwunden — das sind
die schönsten Stunden unserer Gärten. Der Stadt=
park ist um fünf Uhr Morgens und um elf Uhr
Abends am wunderbarsten; zu diesen Stunden kann
man da aufathmen und genießen, der Blumen und
Vögel sich freuen, zumal unter dem Gefieder des
Teiches neben dem tiefsinnigen Storche, der wasser=
freudigen Ente und dem selbstbewußten Schwane;
nur der einzige Vogel fehlt, der eine Schleppe trägt:
der Pfau. Florentinische Nächte sind es manchmal,
die ihren Zauber über den Stadtpark breiten; in
blendender Helle, hebt das blüthenweiße Schubert=
Monument sich vom grünen Rahmen ab, und selbst
das Gezirpe der Grillen klingt in solchem Augenblicke
herzallerliebst, als ertöne eines der „Müllerlieder.“
Die Sommernacht verschönert alles, sogar den Wien=
fluß. Wer von der Stubenbrücke hinüberblickt zur
Karolinenbrücke mit ihren erleuchteten Candelabern,
der hat eine reizende Vedute vor sich, die freilich bei
Tageslicht wieder in Nichts zerfließt . . . . Sogar
in die tagsüber durchglühten Wohnzimmer kehrt mit
dem Spätabende Behaglichkeit ein. Wenn die milde
Nacht kommt, sitzt es sich gut auf dem weichen Fauteuil
im unbeleuchteten Gemache. Gedämpft dringen zu Einem

hinauf die frohen Lieder, die ein aus dem Prater
Heimkehrender singt . . . ein leises Jauchzen liegt in
der Luft.

In der Umgebung Wien's suchen die Sommer-
parteien sich die Plagen der Saison zu lindern. Sie
leben dem Waldesschatten näher als die in Wien Zurück-
gebliebenen. Wenn der Tag seinen Höhepunkt erreicht
hat, verkriechen auch sie sich in ihre Gemächer. Vor
den Häusern sieht man die heiße Luft erzittern —
oder man meint wenigstens, das sehen zu können.
Hie und da zieht ein Stellwagen durch den Ort. In
den Vorgärten der Villen steht das „betende Kind,"
das seit der Weltausstellung 1873 unvermeidlich
geworden. In Dornbach habe ich einmal innerhalb
eines Vormittags ein Viertelhundert „betender Kinder"
gesehen. Ist der Dornbacher Sommer der Wiener
Sommer, daß ich von den Beiden in einem Athem
spreche? Gewiß. Die nächsten Landorte gehören ganz
und gar zu Wien. Im Sommer speciell sind Klosterneuburg, Baden, Vöslau, ja sogar noch Mürzzuschlag,
Vororte von Wien, Ausläufer der Hauptstadt . . .
Für meinen Theil liebe ich an Sommerabenden über
Alles den Park von Schönbrunn. Wenn die Dämmerung
leise heranzieht und den ersten leichten Schleier aus-
breitet, dann ist es eine Freude, zwischen den hohen
Baumwänden dem großen Parterre entgegenzuwandern,

das vom kaiserlichen Schlosse und vom Bassin mit
der Neptungruppe begrenzt wird. Von da gehe ich
hinauf zum Gloriette und lehne mich an die Balu-
strade, von wo aus bei hellem Lichte das Auge bis
zur Grenze des Ungarlandes schweifen kann. Jetzt
aber ist der Gesichtskreis enger gezogen, und schritt-
weise kommt die Dunkelheit immer näher. Vor mir
sehe ich den ruhigen, regungslosen Wasserspiegel des
Teiches, der das Bassin unten speist, das Parterre
verschwimmt in's Unfaßbare, vom kaiserlichen Schlosse
sind nur die Gasflammen sichtbar und etliche erleuchtete
Fenster, hinter denen des Reiches Fürst zur Stunde
sinnt und arbeitet. Die Stadt Wien aber ist versunken.
Ich sehe weithin nur die Gaslaternen, an denen einzelne Straßenzüge sich erkennen lassen, die fliegenden
Flämmchen, als welche die Leuchten der unzähligen
hier verkehrenden Wagen sich geben, den Zug der
Westbahn sehe ich eine Secunde lang gespenstisch vor-
überschießen wie einen dunklen Pfeil, und wie aus
einem Hexenkessel braust es herauf, ein Gewirr von
Tönen und Stimmen, von Gerassel und Geschrei, aus
dem scharf und deutlich das Läuten der Glocke im
Bahnhofe zu Penzing hervortritt. Wenn die Kirchen-
glocken ertönen, dann zieht der Ton zum Gloriette
hinauf, als käme er über einen See herüber vom
jenseitigen Ufer . . . Immer dunkler wird's, und

ich denke an die Heimkehr. Nach abwärts lenke ich meine Schritte. Hinter meinem Rücken schreit ein Käuzchen mit dünner, haarscharfer Stimme sein „Kuh wit! Kuh wit!" . . Unten, am Ende des Abstieges liegt ein Leuchtkäfer wie ein Flämmchen auf dem Rasen. Er zeigt mir den Weg . . . . Nun gehe ich an ihm vorüber durch die Reihe der zu beiden Seiten stehenden Marmorfiguren, die zur Nachtzeit lebendig zu werden scheinen, einander zu erzählen von der Zeit ihrer Jugend. Und nun durch das Portal des Schlosses, durch den weiten Hof, beim Gitter hinaus — die Geräusche, die oben vor dem Gloriette wie ein einziges erschienen, sie lösen sich hier von einander, jedes einzelne wird vernehmlich, der Spaziergänger läßt sich von dem Pfeifchen des Tramway-Conducteurs locken und da er „denket, wo man einen Guten schenket," verläßt er den Pferdebahnwaggon in der Nähe eines Gasthausgartens, in dem die Weingläser fröhlich zusammenklingen, und bald erhebt er auch sein eigenes Glas und bringt es der Stadt Wien, auf daß sie gedeihe und wachse und blühe im Winter wie im Sommer.

www.ingramcontent.com/pod-product-compliance
Lightning Source LLC
Chambersburg PA
CBHW020356030726
47496CB00007B/2158